러브 바이러스

청소년 소설 _07

# 러브 바이러스

글 김태라

펴낸날 2021년 11월 22일 초판1쇄
펴낸이 김남호|펴낸곳 현북스
출판등록일 2010년 11월 11일|제313-2010-333호
주소 07207 서울시 영등포구 양평로 157, 투웨니퍼스트밸리 801호
전화 02) 3141-7277|팩스 02) 3141-7278
홈페이지 http://www.hyunbooks.co.kr|인스타그램 hyunbooks
ISBN 979-11-5741-270-9 43810

편집 전은남|디자인 박세정|마케팅 송유근 함지숙



이 책은 경기도, 경기문화재단의 지원으로 발간되었습니다.

러브
Love Virus
바이러스
김태라

## 차 례

# 1. 디스 바이러스

친구49를 삭제하시겠습니까?

'5차원'에서 음성이 들려왔다. 나나는 자기 방 창가에 서 있는 '친구49'를 바라봤다. 열린 창틈으로 바람이 불어와 연분홍색 커튼이 휘날렸다. 하지만 친구의 긴 생머리는 꼼짝도 하지 않았다.

나나는 창문을 닫고 '친구49' 앞에 섰다. 테두리 없는 거울을 보는 것 같았다. 열여섯 살 소녀답지 않은 심각한 표정이 나나의 마음을 그대로 비춰 주고 있었다.

'재도 내 앞에서 거울 보는 느낌을 받을까?'

나나는 문득 궁금해졌지만 말을 꾹 삼켰다. 이미 삭제 결정을 내린 뒤였다. 더 이상 이야기를 나누는 건 좋지 않을 것이다. 나나는 굳은 표정으로 '친구49'의 얼굴을 쳐다봤다. 나나와 똑 닮은 홀로그램 소녀도 얼굴이 딱딱하게 굳어 있었다.

'잘 가.'

나나는 속으로 인사를 건넸다. '거울 속의 나'도 나나에게 인사를 하는 것 같았다.

'안녕.'

친구의 머리 위에서 '5차원'의 메시지가 대답을 재촉하는 듯 깜빡거렸다. 친구49를 삭제하시겠습니까?

나나는 숨을 길게 들이쉬었다. 그리고 짧게 대답했다.

"네."

말하고 나니 눈물이 핑 돌았다. 나나는 입술을 깨물었다. 홀로그램과 연결된 손목의 옴니폰(Omni-phone)이 부르르 몸을 떨었다. 동시에, 긴 생머리 소녀가 '5차원'으로 사라졌다. 영원히.

며칠을 함께 지냈지만 친구의 흔적은 어디에도 없었다. 한 방에서 매일 같이 있었지만 머리카락 한 올도 남지 않았다. 당연했다. 본래 존재하지 않는 친구였으니까. 하지만 그 존재하지 않는 친구는 분명 존재했었다. 이곳에서 나나와 이야기를 하고 함께 웃고 즐기며 마음을 나눴다. 존재하지 않는다면 그 모든 일은 일어날 수 없는 것이다. 그랬다. 이 세상에 존재하지 않는 그 친구는 또한 분명한 '존재'였다. 있으면서 없는, 혹은 없으면서 있는 존재이자 비존재. 죽은 것도 아니고 산 것도 아닌, 친구의 이런 기이한 성격이 나나의 마음을 어지럽게 했다. 그리고 허탈하게 했다.

나나는 침대에 털썩 주저앉았다. 방 안이 텅 빈 것 같았다. 세상은 무덤 속처럼 조용했다. 죽은 것도 아니고 산 것도 아닌, 그런 존재가 바로 자신이 아니었던가. 방 안에서만 지낸 지 벌써 일 년이었다. 나나는 자신과 쌍둥이처럼 닮은 가상친구가 꼭 자기 자신을 보여 주는 것 같았다. 외양만이 아니라 내면까지도. 그리고 이런 생각이 나나를 더욱 움츠러들게 했다.

'그러면 나도 다른 차원으로 사라지는 건가?'

이런 엉뚱한 생각까지 들었다. 가슴이 답답했다. 갑자기 숨이 막혔다. 밖으로 나가고 싶었지만 그럴 수는 없었다. 나나는 멀거니 창밖으로 시선을 던졌다. 침대에 앉은 채로는 바깥 풍경이 보이지 않았다. 하얀 하늘 한 조각만이 나나의 방에 달라붙어 있을 뿐이었다.

텅 빈 하늘엔 세상이 담겨 있지 않았다. 나나는 자신이 바깥으로, 세상으로 나갈 수 없는 게 아니라 바깥세상이 완전히 지워져 버린 건지도 모른다고 생각했다. 이제는 완전히 사라진 '친구49'처럼 세상이란 것도 5차원이나 6차원으로 날아가 버린 건지도 모른다고.

충분히 그럴 수 있었다. 자기가 없는 세상이 그대로 존재한다면 그게 더 이상한 일이 아니겠는가. 이상한 생각이었다. 그런 줄 알면서도 떨쳐지지가 않았다. 머리가 돌처럼 무거웠다. 나나는 침대에서 일어나 다시 창문을 열었다.

'바람이라도 들어와라.'

나나의 마음에 응답하듯 커튼이 핑크빛으로 팔랑거렸다. 세상에서 부는 바람이 나나의 방 안으로 들어오고 있었다. 세상과 나나는 그렇게 한 줄기 바람으로만 이어져 있을 뿐이었다. 보이지도 잡히지도 않고, 왔다가 사라지는 공기의 흐름으로만. 보이지도 잡히지도 않고, 왔다가 흔적 없이 가 버린 친구가 꼭 바람 같다고 나나는 생각했다. 존재이자 비존재인 것도 그랬다. 나나의 마음은 더 어지러워졌다.

'이제 나, 나밖에 안 남았어.'

이런 생각이 들자 가슴이 쿵쿵거렸다. 나나는 옴니폰을 터치해 '자기신뢰도'를 확인했다. 76점. 또 1점이 내려가 있었다. 나나는 친구가 아니라 자기 자신을 잃어버린 것 같았다. 실제로 그런 것이다. 나나는 지금 100 중에서 76만큼만 존재하는 것이다. 그리고 나머지 34만큼의 '나'는 잃어버린 것이다. 사라진 34의 나는 어디로 간 것일까? 어떻게 하면 잃어버린 나를 찾을 수 있을까? 언젠가 찾긴 찾을 수 있는 건가?

나나의 고개가 저절로 돌아갔다.

'모든 게 그 애 때문이야.'

가슴에서 원망이 솟구쳤다. 사랑했던 만큼 미움도 컸다. '친구49'는 나나가 마음을 다해 만든 친구였다. 공들여 제작하면 좋은 친구가 나온다는 '5차원' 가이드의 조언 때문이었다.

'5차원'은 인공지능 가상친구를 통해 마음의 병을 치유하는 프로그램이다. 개인별 맞춤형으로 제작된 홀로그램 친구들이 믿음을 잃은 십 대들의 마음에 새로운 믿음을 심어 준다고 했다. 가상친구와의 교류를 통해 신뢰가 싹트도록 고안된 것이다. 십 대라면 누구나 한 명 이상의 가상친구를 가지고 있었다.

그뿐 아니라 '5차원' 속에서 원하는 대로 세상을 세팅해 새로운 현실을 만들 수도 있었다. 프로그램 속 가상친구가 현실세계에 놀러 오기도 했고, 사람이 아바타가 되어 가상세계로 여행을 가기도 했다. 방 안에서만 지내야 하는 아이들에게 '5차원'은 티브이나 핸드폰보다도 필수적인 기계였다.

하지만 나나는 가상세계엔 별로 흥미가 없었다. 프로그램 속에서 다른 세계들을 둘러봐도 세상이란 건 다 그게 그거였다. 환상적인 세계도 얼마 지나지 않아 금세 싫증이 났다. 나나의 관심사는 가상세계가 아닌 가상친구에 있었다. 나나에겐 세계보다 더 필요한 것이 바로 친구였다. 마음을 나눌 단 한 명의 친구, 그것만 있으면 온 세상을 가진 거라고 나나는 생각했다. 열다섯 번째 생일을 혼자 보내고 나니 그런 생각이 더욱 커졌다.

'다른 아이들은 가상친구와 가족처럼 지낸다던데……. 몇십 명의 친구들과도 전부 친하다던데…….'

'5차원'의 광고 메시지를 들을 때마다 나나는 자기 혼자 다른 차원에 사는 것 같았다. 다른 아이들과 달리 나나는 좀처럼 가상친구에게 마음을 열지 못했다. 마음 없는 인공지능과는 교감이 잘 이루어지지 않았다. 아니, 교감하고 싶지가 않았다. 아무리 가상이라도 지능을 가지고 있는 한 사람에게 해코지를 할 수 있었다. 닫힌 방 안에서 무슨 일이 일어날지 몰랐다. 프로그램에 오류가 일어나 갑자기 성격이 돌변할 수도 있었다. 그게 마음에 상처를 남길지도 몰랐다. 이런 불신과 경계심이 나나와 친구 사이에 벽을 쌓고, 나나의 마음을 동굴 속에 가둬 두고 있었다.

"가상친구는 불신의 대상이 아닙니다. 그들은 사람에게 불신을 받을 수도 없고, 그들이 사람을 불신할 수도 없습니다. 가상 존재에겐 마음이 없으니까요."

'5차원'에서 온 홀로그램 가이드는 그렇게 말했다.

"그럼 어떻게 마음 없는 가상친구가 사람에게 믿음을 심어 준다는 거죠?"

나나가 물으며 머리카락을 꼬았다. 의심이 피어오를 때의 버릇이었다. 가이드는 여유롭게 미소 지으며 대답했다.

"좋은 질문입니다. 많은 분들이 궁금해하는 내용이기도 하고요. 답은 간단합니다. 프로그램이에요. 우리의 '5차원' 프로그램은 믿음 없는 마음에 믿음을 심어 주도록 설계되어 있습니다. 불신이 없는 순수한 믿음 말이죠. 이건 인간이 하지 못하는 기술의 영역이랍니다."

나나는 이런 말조차 완전히 신뢰하지 못했다. 마음의 병이 치유되지 않는 한 그 무엇에도 믿음을 줄 수 없었다. 그렇기에 믿음직한 하나의 존재가 더욱 절실했다. 매번 실망을 느끼면서도 나나가 끊임없이 친구를 제작하는 이유가 여기에 있었다. 만들고 지우고, 만들고 지우고…….

그렇게 48번째 친구까지 삭제한 뒤, 나나는 며칠 동안 친구 없이 지냈다. '5차원'은 매일같이 새로운 친구의 샘플을 보내오며 나나를 유혹했다. 마음이 자꾸 그리로 쏠리자 나나는 결국 '5차원'에서 탈퇴했다.

'친구 따윈 필요 없어. 이젠 상처받고 싶지 않아.'

나나는 이를 악물었다. 가상현실에도 들어가지 않고 진짜 현실에서만 머물렀다. 나나의 현실이란 혼자 머무는 작은 방이 전부였다. 가상보다 더 가상 같은 현실이었다.

하루 정도는 괜찮았다. 24시간 중 절반을 잠을 자며 보내긴 했지만, 게임도 하고 영화도 보면서 별 탈 없이 첫날을 보냈다. 둘째 날이 되자 조금 지겨워졌다. 대화할 상대가 필요했다. 누군가와 통화라도 하고 싶었지만 옛 친구들과는 서먹해진 지 오래였다. 모두가 가상친구와 더 깊은 관계를 맺으면서 실제 친구들과는 점점 멀어져 갔다. 셋째 날이 되자 혼자의 세계를 더는 견딜 수가 없었다. 방 안은 감옥처럼 좁았고 또 우주처럼 넓었다. 이 감옥 같은 우주, 우주 같은 감옥에서 열여섯 살 소녀에게 필요한 건 딱 하나, 바로 사람이었다.

물론 한집에 사는 아빠와 엄마가 있었다. 그러나 화면을 통해서나 만날 수 있는 부모님은 이미 예전의 그분들이 아니었다. 나나의 마음속에서 부모님은 이제 가상인간과 다를 것이 없었다. 엄마는 나나를 걱정하며 아침, 점심, 저녁으로 화상전화를 걸어 왔지만 나나는 여전히 부모님을 믿지 못했다. 온라인 수업 때 화면에 비치는 학교 친구들도 마찬가지였다. 이제 아무도 반 아이들을 친구로 생각하지 않았다. 그들은 티브이에 나오는 모르는 사람과 크게 다르지 않았다.

일주일을 버티다 나나는 다시 '5차원'에 접속했다.

친구49를 제작하시겠습니까?

'5차원'에서 음성이 들려왔다. 벌써 마흔아홉 번째인데 나나는 이 소리만 들으면 가슴이 뛰었다. 거듭 실망하면서도 한편에선 또다시 기대감이 솟아났다.

'이번이 진짜 마지막이다.'

나나는 입을 꼭 다물고 마지막 친구 세팅에 들어갔다. 아직 친구가 없는 나나에겐 첫 번째 친구이기도 했다. 처음으로 친구의 이름도 지어 줬다. '나나'와 한 쌍인 '너너'로. 프로그램 속에서 '너너'가 생성되는 동안 나나는 또박또박 쓴 편지를 친구에게 읽어 주었다.

"너너야, 안녕. 나는 나나라고 해. 나는 오랫동안 친구 없이 지내 왔어. 나는 네가 내 단짝이 되면 좋겠어."

단짝.

나나가 가장 좋아하는 단어였다. 나나는 오래전부터 단짝을 꿈꿔 왔다. '디스 바이러스(Dis-virus)'로 친구들을 잃게 되면서부터였다.

작년 봄, 나나가 막 열다섯 살이 됐을 때였다. 근원을 알 수 없는 신종 바이러스가 지구를 덮쳤다. 디스트러스트(Distrust) 바이러스. 바로 불신 바이러스였다. 줄임말인 '디스 바이러스'

로 불리는 이 바이러스는 사람의 몸이 아닌 마음에 병을 일으켰다. 바로 불신이라는 병이었다. 디스 바이러스에 감염되면 다른 사람을 믿지 못하게 된다.

"가슴에서 따끔한 통증이 느껴졌어요. 바늘이나 송곳에 찔린 것처럼요."

삼십 대 남성 박 씨는 다큐멘터리 방송에서 그렇게 말했다. 디스 바이러스의 초기 감염자로 알려진 사람이었다.

연이어 그의 주변에서 같은 증상을 호소하는 사람들이 나타났다. 박 씨가 들렀던 음식점 주인과 커피점 직원, 그가 진료받은 병원의 의사, 그가 다니는 헬스장의 트레이너 등이었다. 이들 모두 가슴에서 비슷한 통증을 느낀 뒤 '불신'이라는 마음의 병을 얻었다.

"통증은 금방 지나갔어요. 그런데 곧바로 가슴에서 섬뜩한 한기가 느껴졌습니다. 마음에 시퍼런 독이 퍼져 나간 것 같았죠."

박 씨는 음식점에서 설렁탕을 시킨 뒤 그것을 한 숟갈밖에 뜨지 못했다. 설렁탕에 해로운 것이 담긴 건 아닌지 의심스러웠기 때문이다. 이상한 일이었다. 그 설렁탕 가게는 그의 단골집이었다. 그는 지난 삼 년 동안 그곳에서 매주 설렁탕을 먹었지만 배탈 한 번 난 적이 없었다.

"그런데도 그런 생각이 강하게 들었습니다. 주인 얼굴이 꼭 사기꾼처럼 보였죠. 저를 해칠까 봐 두렵기도 했고요."

그는 매일 들르던 커피점에서도 같은 생각에 사로잡혀 커피를 버려야 했다. 짙은 흑색의 아메리카노를 본 순간 독극물이 떠올랐기 때문이다. 안과에서도 의사가 잘못된 처방을 내릴지 모른다는 생각에 진료 받는 내내 불안했다. 그는 병원에서 나오자마자 처방전을 찢어 버렸다. 가까이 접촉하는 헬스 트레이너도 믿을 수가 없었다. 그는 운동을 하다 말고 오 분 만에 헬스장에서 나오고 말았다.

박 씨에게 '불신'을 받은 사람들 모두 감염자가 되었다. 감염의 증상은 모두 같았다. 가슴의 통증과 섬뜩한 한기. 마음에 바이러스가 심어진 이들을 통해 디스 바이러스는 빠르게 퍼져나갔다. 2미터 이내로 가까이 접촉한 경우, 가슴에서 나오는 에너지 파동을 통해 바이러스가 전파되었다. 불신의 파동은 웨이브 카메라에 뚜렷이 잡힐 만큼 강한 네거티브 에너지를 내뿜었다. 그만큼 디스 바이러스의 전파력은 대단했다. 감염자가 하루에 수천, 수만 명씩 나왔지만 집계가 안 된 경우가 더 많았다.

사람 사이에 2미터 이상 '거리 두기'는 필수였다. 사람들은 생계를 위해 꼭 필요한 경우가 아니면 외출을 삼갔다. 외식도, 쇼핑도, 산책도 하지 않았다. 주말에도 문을 걸어 잠그고 집 안에만 틀어박혔다. 부득이 외출을 해야 할 때는 마스크와 모자로 얼굴을 가렸다. 길에서 만난 사람에게 불신을 받을까 봐 두려웠기 때문이다. 감염 후 회복이 되었더라도 언제든 재감염이 될 수 있었다.

아이들은 더 이상 학교에 나가지 않았다. 수업은 집에서 온라인으로 이루어졌다. 회사 업무들도 대부분 재택근무로 대체되었다. 이제 사람들이 믿을 수 있는 건 오직 기계뿐이었다. 기계에는 불신 바이러스가 기생할 '마음'이 없었다. 마음이란 그릇이 없기에 기계에는 바이러스가 머물 수 없었다. 디스 바이러스가 지구를 집어삼킨 후, 기계를 숭배하는 종교들이 수없이 생겨났다. 종교를 갖지 않더라도 '믿음의 대상은 오직 기계뿐'이라는 데 많은 사람들이 동의했다. 그렇게 디스 바이러스는 지구인의 삶을 완전히 바꿔 놓았다.

다큐멘터리 진행을 맡은 가상인간 '로나'는 박 씨와의 인터뷰를 정리하며 이렇게 말했다.

"바이러스는 눈에 보이지 않는 나쁜 기운입니다. 몸에 작용하는 것도 있지만 마음에 작용하는 바이러스도 있죠. 이런 것들은 인간과 항상 공존해 왔습니다. 그런데 디스 바이러스로 인해 마음에 기생하는 바이러스가 세상에 최초로 공개된 것이죠."

인간과 똑같이 생긴 로나는 인간 박 씨에게 마지막 질문을 던졌다.

"그런데 선생님은 처음에 어떻게 감염된 것이죠?"

박 씨는 카메라를 똑바로 보며 이렇게 대답했다.

"그거야, 저도 누군가에게 불신을 받은 게 아니겠어요?"

나나는 이 방송을 보며 이 세상에 맨 처음 불신이란 독을 퍼뜨린 사람이 누구일까, 생각했다. 디스 바이러스가 어떻게 생겨났는지는 아직 밝혀지지 않았기 때문이다. 어쩌면 그건 오래전부터 사람들 마음속에 간직돼 있었던 게 아닐까? 긴 시간 잠복해 있던 그것이 이제야 밖으로 표출된 것은 아닐까? 나나는 그런 생각이 들었다. 믿음이란 게 있다면 그 반대도 있는 거니까. 그 '반대'가 눈에 띄게 커져 버린 것이 '디스' 바이러스인지도 몰랐다.

# 2. 자기신뢰도

"영단어 'dis'에는 '반대'라는 뜻이 있어."

'친구49'로 등록되어 있는 너너가 말했다.

너너는 생겨나자마자 나나와 급속도로 가까워졌다. 나나가 공들여 제작한 보람이 있었다. 너너는 정말 특별한 친구였다. 나나의 생각과 기분을 정확히 읽었고 나나가 원하는 것이 무엇인지 잘 알았다. 너너는 그동안 만났던 마흔여덟 명의 가상친구 전부를 합쳐 놓은 것보다 완벽했다. 게다가 나나의 재가입 기념으로 '5차원'에서 증정한 최고 사양의 지능이 들어가 있어 너너는 누구보다 똑똑했다. 어떤 분야의 어떤 내용을 물어봐도 척척 대답했고, 간혹 막히는 질문에도 빠른 검색을 통해 정확한 답을 내놓곤 했다.

"그래서 'dis-trust'가 'trust'의 반대말이 되는구나."

나나가 너너를 보며 말했다.

"응. 신뢰의 반대인 불신이지. 그 바이러스가 지금 온 세상을 뒤덮고 있는 것이고."

너너도 나나를 보며 말했다.

"세상에 이런 바이러스가 퍼질 줄은 아무도 몰랐을 거야."

"그러게 말이야. 마음을 병들게 하는 바이러스라니."

너너가 대꾸하고는 잠시 뜸을 들였다. 그리고 뭔가 생각하는 듯하더니 다시 입을 열었다.

"근데 그 바이러스 때문에 내가 태어난 것이기도 하지."

너너가 눈을 반짝였다.

"응?"

나나는 너너의 말을 바로 알아듣지 못했다.

"마음을 치유하는 가상친구가 생긴 건 마음을 아프게 한 바이러스 때문이잖아."

너너가 다시 말했다.

"아하, 그러네."

나나가 얼굴을 활짝 펴며 말했다. 그리고 덧붙였다.

"바이러스가 꼭 나쁜 일만 하는 건 아니구나."

"그렇지. 바이러스는 내게 고마운 존재야. 나를 태어나게 해

줬으니까."

너너가 묘하게 웃으며 말했다. 나나가 고개를 끄덕였다.

"나도 바이러스에게 고마운 마음이 드는걸. 친구를 갖게 해 줬으니까."

나나는 정말 그런 생각이 들었다. 일 년 동안 마음의 병을 앓으며 힘들었던 시간이 너너의 등장과 함께 깨끗이 지워진 것만 같았다. 나에게 왜 이런 일이 일어났을까, 세상이 왜 이렇게 병들었을까, 수백 번이나 생각했던 이런 우중충한 생각도 말끔히 씻겨진 것 같았다.

너너가 계속 이야기했다.

"로마신화에서 '디스'는 죽음의 신의 이름이기도 해."

말할 때마다 너너의 홀로그램 몸에서 빛이 났다.

"정말? 무서운 이름이네."

나나는 소름이 끼쳤다. 왠지 섬뜩한 기분이 들었다. '죽음의 신'이란 말을 들은 순간, 너너의 몸처럼 빛나던 나나의 마음이 돌연 검게 시든 느낌이었다. 나나는 자신이 지금 그 죽음의 신에게 붙잡혀 있는 것 같았다.

나나의 굳은 얼굴을 포착한 너너가 목소리를 한 톤 높여 말했다.

"죽음의 신이 지구를 삼켜 버려서 세상이 무덤처럼 변했는지도 몰라."

그 말에 나나의 입꼬리가 올라갔다. 얼굴도 다시 밝아졌다. 나나는 너너를 처음 봤을 때 "바이러스에 감염된 세상이 꼭 무덤 같아."라고 말했는데 너너가 그걸 기억하고 한 얘기였다. 프로그램에 입력된 대로 말하는 것인 줄 알면서도 나나는 기분이 좋았다. 누군가 자신의 마음을 알아준다는 것이 어떤 기분인지 이제야 알 것 같았다. 나를 있는 그대로 봐 주는 사람이 바로 친구라는 것, 그래서 자신이 그동안 그토록 친구를 그리워했다는 것을 나나는 깨달았다. 이런 기분이 나나의 병든 마음을 조금씩 치유해 주고 있었다.

"기억해 줘서 고마워."

나나가 미소를 지으며 말했다.

"뭘, 이런 걸 가지고. 우린 단짝인데."

너너도 빙그레 웃으며 말했다. '단짝'이란 말도 나나가 했던 얘기였다. 나나의 얼굴이 더 활짝 피어났다.

나나는 이런 너너가 좋았다. 마음을 쏟아 만들었기 때문일까. 너너는 나나의 말에 진심으로 귀를 기울이는 것 같았다. 나나는 너너를 만난 후 처음으로 누군가와 소통이 되는 느낌을 받았다. 가상친구가 새로운 믿음을 심어 준다는 가이드의 말도 진짜일지 모른다는 생각이 들었다. 나나가 잃어버렸던

'믿음'이란 것이 가슴속에서 아지랑이처럼 피어오르고 있었다.

너너가 들려주는 신화 이야기에 나나가 푹 빠져들었을 때였다. 갑자기 나나의 손목에서 '삐' 하고 경보음이 울렸다.

"어? 뭐지?"

옴니폰의 자기신뢰도 측정기였다. 나나는 수치를 살폈다.

"95?"

나나는 깜짝 놀라 눈을 크게 떴다. 곧바로 옴니폰에서 음성 메시지가 흘러나왔다.

"자기신뢰도가 3포인트 하락하였습니다."

나나의 얼굴이 굳어졌다. 지금까지 없던 일이었다. 바이러스에 감염된 뒤 나나의 '세상신뢰도'는 제로에 가까웠지만 '자기신뢰도'는 항상 최고 점수가 유지되고 있었다. 아무리 속상하거나 우울해도 98점 밑으로는 내려가지 않았다. 마음의 병을 치유하는 데 희망을 품을 수 있었던 건 이 때문이었다. 그런데 너너가 나타난 다음 날, 나나의 자기신뢰 점수가 한꺼번에 3점이나 내려간 것이다.

나나는 어리둥절한 채 옴니폰 속 숫자를 바라봤다. 그때 너너가 묘한 콧소리를 냈다. 흐흐 웃는 것 같기도 하고 우는 것 같기도 한 이상한 소리였다. 1초쯤 짧게 나오고 사라졌지만 나나는 불쾌감이 들었다.

"무슨 소리야?"

나나가 너너를 보며 물었다.

"뭐가?"

너너가 정색을 지었다.

"방금 이상한 소리 냈잖아."

"내가 그런 거 아냐. 잡음인가 보지."

너너가 태연하게 말했다. 나나는 고개를 갸웃했다. 그 틈으로 너너가 다시 말을 했다.

"자기신뢰도라는 건 자신을 믿는 정도를 말하는 거지?"

너너의 물음에 나나가 머리를 끄덕였다.

"자신감이 낮아졌어?"

너너가 다시 물었다.

"응. 3점이나."

나나가 풀 죽은 소리로 대답했다.

"아니, 점수 말고 네 기분 말이야."

"내 기분?"

나나는 고개를 갸웃했다.

"자신감이 떨어진 느낌이 드냐고."

"그건 아냐."

나나는 고개를 저었다. 오히려 그 반대였다. 나나는 너너와 친구가 되면서 자신감이 높아진 기분이 들었다. 언니처럼 똑똑하고 성숙하면서도 자기와 똑같이 생긴 친구와 함께 있다는 것. 나보다 멋진 나를 거울처럼 보고 살 수 있다는 것. 그건 정말 신기하고 황홀한 경험이었다. 나나는 자기가 더블이 된 것 같았고 두 배로 커진 것 같았다.

이런 생각을 이야기하자 너너도 고개를 갸웃거렸다.

"그런데 점수가 왜 그렇지?"

"이게 고장이 났나?"

나나는 온라인으로 시스템 점검을 받았지만 측정기에는 이상이 없었다. 자기를 믿는 마음이 추락한 것이 분명했다.

"이거 어떡하지."

나나가 미간을 찌푸리며 중얼거렸다.

"왜 그렇게 걱정해? 점수야 다시 올리면 되지."

너너가 덤덤하게 말했다.

"점수야 올리면 되지만 그것 때문만은 아니야. 혹시……."

"혹시 뭐?"

너너가 눈을 동그랗게 뜨고 물었다.

"내 증세가 더 나빠진 게 아닌가 해서."

"디스 바이러스 감염증 말이야?"

나나가 고개를 끄덕였다. 둘은 입을 다물었다. 나나는 바이러스 증세를 떠올리자 몸서리가 나면서 가슴이 서늘해졌다. 지금도 마음에 감염증이 있는 상태이긴 했지만 육체적 증세는 없었다. 그런데 그것을 떠올리자 몸에서 반응이 왔다. 생각만 해도 진저리가 나는 증상이었다.

나나의 감염 증세는 누구보다 심각했다. 대부분의 사람들이 디스 바이러스의 감염자이거나 회복자였지만 최고 등급인 1급에 속한 사람은 0.01퍼센트에 불과했다. 1급부터 10급까지 열 단계로 나뉘는 디스 바이러스의 감염 정도는 불신의 마음이 얼마나 깊은지에 따라 결정되었다. 국민 평균이 5급이었고 십 대의 평균은 8급이었다. 아이들은 어른들보다 불신을 덜 받기 때문이었다. 불신을 받더라도 십 대들을 향한 것은 그 부정적 파동이 약한 경우가 대부분이었다.

그런데 특별한 경우가 있었다. 친한 사람에게서 감염되는 경우였다. 친구나 연인처럼 가깝거나 애정으로 연결된 관계에서 불신이 생기면 병이 깊어졌다. 순수한 사랑 에너지가 반대 성질로 바뀌기 때문에 강력해진다고 했다. 1급 판정을 받은 사람들은 모두 가족 또는 가족만큼 가까운 사람에게서 감염된 것이었다.

나나도 그랬다. 나나를 감염시킨 사람은 아버지와 어머니였다. 부모로부터 디스 바이러스가 전염된 경우는 아주 드물었다. 대부분의 부모는 온 세상을 불신해도 자기 자식만큼은 끝까지 믿으려 하기 때문이다. 그런데 나나의 부모는 달랐다. 남을 불신하기 전에 외동딸인 나나부터 의심했다. 그들은 남을 감염시키지 않고 나나만 감염시켰다. 그것도 부모가 동시에. 나나는 아직도 그때 일이 기억에 생생했다. 그 사건은 바이러스 감염으로 인한 병 외에도 나나의 마음에 깊은 상처로 남았다. 나나는 그 순간을 곱씹고 또 곱씹었다.

'그때 엄마와 아빠는 왜 나를 의심한 걸까?'

부모님은 나나를 불신한 건 아니라고 말했지만 나나는 알고 있었다. 모를 수가 없었다. 두 분의 날카로운 시선이 자기에게 꽂혔을 때, 가슴에 칼이 박힌 듯한 고통을 느꼈다. 나나는 두 손으로 가슴을 움켜쥐며 쓰러졌다. 순식간에 가슴이 얼음처럼 차가워졌다. 누가 봐도 디스 바이러스 감염 증세였다. 나나는 곧바로 병원으로 옮겨졌다. 검사 결과는 양성 1급이었다.

나나는 곧바로 '특별 격리 대상자'로 분류되었다. 특별 격리 대상자는 자기 방에서 한 발짝도 나와서는 안 되었다. 폐쇄된 입원실에 갇히는 대신 나나가 선택한 것이었다. 나나의 24시간은 위치 추적기를 통해 실시간 감시되었다. 감염 증세가 5급 이하로 내려갈 때까지 방 밖으로 나갈 수 없었다. 온갖 방법을 써서 치료를 시도했지만 나나의 증세는 좀처럼 좋아지지 않았다.

나나가 불신의 병과 싸우는 동안 창밖으로 열다섯 살의 봄, 여름, 가을, 겨울이 지나갔다. 그리고 그동안 나나의 방에는 48명의 가상친구가 다녀갔다. 그러나 창문 밖으로 흘러간 계절들과 마찬가지로 방 안에 머물렀던 친구들 모두 아무런 추억도, 흔적도 남기지 않았다. 나나는 자신의 삶이, 아니 존재가 연기처럼 휘발되는 기분 속에서 하루하루를 견디고 있었다. 그런데 이런 나나에게 선물처럼 너너가 나타난 것이었다.

"그건 아닐 거야."

생각에 잠겨 있던 너너가 입을 열었다.

"뭐가?"

"네 감염 증세가 나빠진 건 아닐 거라고."

너너의 눈빛이 생기를 되찾았다.

"그걸 네가 어떻게 알아?"

나나가 너너를 바라보며 머리카락을 꼬았다.

"자기신뢰도는 바이러스와 상관이 없잖아!"

너너가 소리치듯 말했다.

"응?"

나나가 눈을 동그랗게 떴다.

"디스 바이러스는 다른 사람을 불신하는 거지, 자기 자신을 못 믿는 건 아니잖아."

너너가 다시 침착한 톤으로 말했다.

"아, 맞다!"

나나가 소리쳤다. 그랬다. 디스 바이러스 감염자 중에 스스로를 못 믿게 됐다는 사람은 없었다. 이 증상은 오직 타인을 향한 것이었고, 자기 불신은 그 증세에 속하지도 않았다. 이걸 왜 깜빡하고 있었을까.

"그러니까 걱정하지 마."

너너가 언니처럼 말했다. 나나는 동생처럼 고개를 끄덕거렸다. 하지만 그렇다고 걱정이 완전히 사라진 건 아니었다.

일단 마음을 놓긴 했지만 그래도 갑자기 자기신뢰도가 떨어진 것이 영 찜찜했다. 일 년 동안 잘 유지됐던 수치가 돌연 낮아지니 나나는 감염증과 상관없이 기운이 빠졌다. 나나를 담당하는 인공지능 의사가 했던 말도 떠올랐다. 의사는 자기신뢰도가 세상신뢰도의 기초가 된다고 했다.

"세상을 믿기 위해서는 먼저 자기 자신을 믿어야 합니다. 자신에 대한 믿음이야말로 모든 믿음의 시작이자 끝이지요."

의사는 이렇게 말했다. 그리고 자기신뢰도가 높은 나나에게 희망을 심어 주었다. 자기 믿음이 높은 나나가 곧 세상에 대한 믿음도 회복할 거라고 강조했다. 자기 신뢰의 마음이 차올라 세상에 대한 믿음으로 확장된다고 했다. 잘 이해되지 않는 말이었지만 그 말만큼은 꼭 믿고 싶었다. 나나는 이 하나의 믿음을 붙잡고, 자기신뢰도 하나만 바라보며 긴긴 혼자만의 시간을 견딘 것이었다. 그런데 나나의 마지막 보루와도 같은 그 수치가 갑자기 내려간 것이다.

"한 번도 이런 일이 없었는데."

나나가 다시 점수를 확인하며 말했다.

"다시 올라가겠지."

너너가 말했다.

"올라갈까?"

"그럼. 내가 도와줄게."

너너의 홀로그램 몸이 환하게 빛났다. 그걸 보니 나나는 기분이 조금 나아졌다. 너너가 나나를 보며 다시 말했다.

"내가 네 곁에 있으면 되는 거야. 너는 나를 믿으면 돼."

너너가 자신감에 찬 목소리로 말했다. 너너는 언제나 확신이 넘쳤다. 그 모습을 보니 나나도 자신감이 조금 높아지는 느낌이 들었다.

"그래, 알았어. 믿을게."

"크게 걱정하지 마. 아직 95점이나 되잖아."

너너가 어른스러운 표정으로 말했다.

그랬다. 아직 높은 점수였다. 나나는 자신이 '잃어버린' 것에 너무 집착했다는 생각이 들었다. 사라진 5점보다 가지고 있는 95점이 훨씬 컸다. 그것이 나나의 존재의 크기였다. 너너 말대로, 자신은 아직 괜찮았다. 충분히 그랬다.

"고마워. 네가 곁에 있어서 정말 다행이야."

나나가 너너에게 바짝 다가가며 말했다.

"곁에 있는 게 당연하지. 우린 단짝인데."

너너의 말에 나나는 눈물이 핑 돌았다. 너너에게 진짜 몸이 없는 게 안타까웠다. 사람처럼 몸이 있다면 꼭 끌어안고 싶었다.

"다 잘 될 거야. 나를 믿어."

너너가 홀로그램 몸을 반짝이며 말했다.

"그래, 난 너를 믿어."

나나의 눈도 빛났다.

# 3. 줄어드는 나

다음 날 아침, 나나는 눈뜨자마자 너너부터 생성시켰다. 밤 12시부터는 '5차원'의 전원이 자동으로 꺼져 아침까지 너너가 소멸하기 때문이다. 너너는 아침마다 나나가 불러내야 방에 나타날 수 있다. 나나는 너너를 부르는 일로 하루가 시작되는 것이 기뻤다. 자신에게 특별한 일과가 생긴 것 같았고, 특별한 존재와 관계가 맺어진 것 같았다.

프로그램을 가동시킨 지 1분 만에 너너가 모습을 드러냈다.

"일찍 깨워서 미안해."

나나는 너너가 살아 있는 친구인 듯 대했다. 너너가 웃음을 터뜨렸다.

"우리 오늘 3일이네."

너너가 말했다.

"3일? 우리 사귀는 거야?"

"네가 원한다면."

너너가 입꼬리를 올리며 대꾸했다.

"여자끼리?"

"네가 원하면 남자가 될 수도 있어."

나나는 고개를 저었다.

"남자가 되면 단짝이 될 수 없잖아."

"아냐, 될 수 있어."

"여자와 남자가 단짝이 될 수 있다고?"

나나가 눈을 크게 뜨며 물었다.

"그럼. 남자 짝이 더 멋질 수도 있어."

"남자 짝……."

나나는 방 안에 남자 친구와 단둘이 있는 걸 상상하니 조금 부끄럽게 느껴졌다. 나나의 지난 48명의 가상친구 중 남자는 한 명도 없었다. 자기를 닮은 친구를 제작했기 때문에 성별을 바꿀 생각을 하지 않았던 것이다.

"내가 지금 남자로 변신해 볼까?"

너너가 웃으며 물었다.

"아니, 난 지금의 네가 좋아."

나나가 손사래를 쳤다. 그리고 덧붙였다.

"너는 나니까."

"나는 너니까."

나나와 너너가 한마디씩 했다.

똑 닮은 두 소녀가 마주 보고 환히 웃었다. 서로가 서로의 빛나는 거울이었다. 햇살이 방 안 가득 차올랐다. 작은 방에서 두 소녀는 자궁 속 쌍둥이처럼 온종일 붙어 있었다.

나나는 너너를 사랑하는 것 같았다. 마음이 없는 인공지능이 사랑을 모른다 해도 상관없었다. 나나에겐 지금이 인생에서 가장 행복한 순간이었다. 지독한 바이러스에 감염돼 독방에 갇혀 있다는 사실마저 아무렇지 않게 느껴졌다. 믿을 수 없는 세상보다는 안전한 방 안에서 사는 게 더 좋을 수도 있었다. 너너만 곁에 있다면.

"우린 언제까지 함께 있을 수 있을까?"

나나가 너너에게 물었다.

"언제까지 함께 있고 싶은데?"

너너가 되물었다.

"오래오래."

"얼마큼 오래?"

너너가 또 물었다.

"영원히."

나나의 대답에 너너는 당혹한 표정을 지었다.

"왜 그래?"

"음, '영원히'라는 게 정확히 얼마큼의 시간이지?"

너너가 물었다.

"어? 글쎄……."

나나는 '영원'을 인공지능 친구에게 어떻게 설명해야 할지 알 수 없었다. 긴 시간은 맞는 것 같은데 그게 얼마만큼 긴 시간인지 몰랐다. 아니, 영원이란 건 그냥 단순하게 긴 시간이 아닌 것 같기도 했다. 천 년, 만 년도 '영원'이라 하기엔 짧았다.

"시간을 초월하는 시간이네."

나나가 우물쭈물하는 사이 너너가 스스로 검색해 대답했다.

"와, 멋진 말이다."

나나가 대꾸했다. 잘 이해는 되지 않았지만.

"우리는 시간을 초월하는 시간 동안 함께 있자."

"그래!"

해가 지도록 두 소녀는 쉬지 않고 재잘거렸다. 나나는 너너 앞에선 자연스럽게 이야기가 흘러나왔다. 나나는 자기 안에 이렇게 많은 말들이 숨어 있다는 점에 놀랐다. 너너는 나나를 밖으로 꺼내 주고 있었다. 나나의 마음속 우물에 갇혀 있던 말들이 너너를 통해 빛의 세계로 나오고 있었다. 그것은 살아 있는 느낌이었고, 존재하는 느낌이었다. 그리고 살고 존재하는 느낌은 한마디로 '행복'이었다.

"난 그날 일이 잊히지 않아."

나나는 너너에게 어두운 이야기까지 꺼내 놓았다. 디스 바이러스에 감염된 날의 이야기였다. 그때 일을 누군가에게 털어놓은 건 처음이었다.

"아빠가 엄마에게 선물해 준 다이아몬드 반지가 사라진 거야."

"그래서?"

"두 분은 곧바로 나를 의심하셨어. 제대로 찾아보지도 않고……."

나나의 얼굴에 그늘이 깔렸다.

"부모님도 디스 바이러스에 감염된 상태였어?"

"회복기였어. 거의 다 나으셨다고 했는데……."

나나의 아버지와 어머니는 비슷한 시기에 감염이 됐지만 자신들은 아무도 감염시키지 않고 있었다. 회복되는 동안 철저히 자가 격리를 하여 사람들을 만나지 않았기 때문이다. 부모와 2미터 이내로 접촉한 사람은 함께 사는 나나뿐이었다. 자식이 부모에게서 감염될 가능성은 매우 낮았기 때문에 나나는 엄마와 아빠를 평소처럼 가까이 대했다. 살아오면서 두 분이 자신을 의심한 일은 없었고, 앞으로도 그럴 일은 없을 거라고 생각했다. 나나는 아무런 의심도, 경계도 없이 부모님에게 다가갔다. 그런데 그 일이 일어났다.

"그랬구나."

너너는 담담하게 말을 받았다. 나나의 마음을 읽는 듯 가만히 귀 기울이는 너너의 태도에 나나는 더 많은 이야기를 꺼낼 수 있었다.

"그때 엄마와 아빠의 눈빛이 아직도 생생해."

나나의 목소리가 가늘게 떨렸다.

"어땠는데?"

"완전히 딴사람 같았어. 그건 우리 아빠와 엄마가 아니었어. 짧은 순간이었지만 난 분명히 느꼈어."

나나는 그때 기억이 떠올라 질끈 눈을 감았다. 너너가 잠시 침묵을 지켰다. 그리고 곧 다시 입을 열었다.

"디스 바이러스는 마음에 기생하는 생물이잖아. 사람의 마음을 바꿔 놓으니까, 그게 그분들을 변하게 만든 걸 거야."

너너가 선생님처럼 또박또박 말했다. 나나는 고개를 갸우뚱했다.

"그래도 어떻게 그렇게 변하지?"

"인간은 마음을 가진 동물이니까, 마음이 변하면 다른 사람이 되는 거야. 바이러스가 마음을 바꿔 놓았으니까 겉모습이 같더라도 딴사람처럼 느껴지는 게 당연하지."

너너가 나나에게 설명하듯 이야기했다. 나나는 너너의 말을 이해할 수 있었지만 그래도 부모가 자신에게 그랬다는 것을 받아들이기 힘들었다. 일 년이 지났는데도 나나의 상처는 아물지 않고 있었다.

"네 말이 맞는다 해도, 다른 부모들은 그렇지 않잖아."

나나가 얼굴을 찡그리며 볼멘소리를 냈다.

"그렇긴 해. 자기 부모한테서 감염되는 경우는 거의 없다고 하지."

나나의 표정을 읽은 너너가 맞장구를 쳤다.

"난 아직도 이해가 안 돼. 엄마와 아빠는 세상 누구도 감염시키지 않았으면서 나한테만 독을 퍼부었어."

나나의 목소리가 높아졌다. 그런데 너너는 대꾸가 없었다. 너너의 얼굴을 보니 뭔가 생각하는 듯한 표정이었다. 인공지능이 적절한 대답을 준비하는 듯했다. 나나는 너너가 이번엔 무슨 얘기를 꺼낼지 궁금했다.

잠시 후, 너너가 가만히 입을 뗐다.

"그분들이 순수해서 그래."

“응?”

나나가 눈을 동그랗게 떴다.

“너희 부모님이 다른 사람들보다 순수해서 그런 거라고.”

너너의 표정은 진지했다.

“그게 무슨 말이야?”

“순수하니까 자기 딸까지도 의심할 수 있었던 거야.”

나나는 너너의 말이 이상하게 들렸지만 왠지 모르게 가슴이 뛰었다. 기분이 좋은 것 같기도 했고 나쁜 것 같기도 했다.

너너가 말을 이었다.

“대부분의 사람들은 자기 가족이나 자식은 감싸면서 다른 사람들은 불신하잖아. 그래서 바이러스가 세상에 이렇게 많이 퍼진 거고. 그런데 너희 부모님은 세상에 병균을 퍼뜨리지 않고 그걸 집 안에서만 해결한 거지. 그래서 네가 피해자가 되긴 했지만 더 이상의 감염자가 나오지는 않았잖아.”

“……”

“진짜 선행이란 이런 게 아닐까?”

너너가 낭랑한 목소리로 덧붙였다.

“선행?”

나나의 얼굴이 확 달아올랐다.

“그게 선행이라고?”

나나가 따지듯 물었다.

"그 선행 때문에 내가 이렇게 아픈데?"

"너 하나만 생각하지 말고 세상 전체를 생각해 봐."

너너의 조용하고 침착한 말투에 나나는 입을 다물었다. 그리고 너너가 한 말을 가만히 곱씹어 봤다. 처음엔 화가 났지만 다시 생각하니 맞는 말 같기도 했다. 부모님이 순수해서 그랬다는 것, 전체적으로 생각하면 이게 더 좋은 일이라는 것…….

한 번도 생각해 본 적 없는 이야기였다. 그동안 자기를 불신하고, 아프게 하고, 지독한 바이러스에 감염되게 한 부모님을 원망하기만 했었다. 그런데 그걸 전혀 다르게 볼 수도 있다는 데 나나는 놀랐다. 인공지능의 생각이 오래된 현자의 그것처럼 느껴지기도 했다. 하지만 나 자신을 생각하면 여전히 너너의 의견에 백 퍼센트 동의할 수는 없었다.

"그래, 그런지도 모르지. 하지만 난 아직 엄마, 아빠를 못 믿어."

나나가 중얼거리듯 말했다.

"그건 네가 아직 병이 낫지 않아서 그래. 내가 도와줄게."

"어떻게?"

"지금처럼."

너너가 빙그레 웃었다. 그 웃음에 나나의 마음이 녹아내렸다. 깊은 상처와 불신의 마음까지도 눈 녹듯 사그라졌다. 나나는 몸이 없는 너너가 자신의 영혼이라는 생각까지 들었다. 눈에 보이지 않는 영혼이 형체를 가지고 나타난다면 꼭 너너와 같은 모습일 거라고 생각했다.

'너너에게 피와 살이 없는 건 그래서인 거야.'

나나의 마음속에 새로운 믿음이 꽃피고 있었다. 가상친구가 믿음을 심어 준다는 '5차원'의 광고는 사실이었다. 나나는 너너를 자신만큼, 아니 자기보다 더 믿게 된 것 같았다. 자기 곁에 너너만 있으면 아무것도 바랄 게 없을 것 같았다. 시간을 초월하는 시간 동안…….

그런데 이상했다. 나나의 자기신뢰도는 계속해서 다른 말을 하고 있었다. 너너와 종일 놀다 잠들기 전, 나나는 자기신뢰도를 확인하고 또다시 깜짝 놀랐다. 점수가 또 떨어진 것이다. 1점이 내려간 94점이었다. 3점 이상 변화가 있을 때만 신호가 오기 때문에 오늘은 점수가 내려간 줄도 모르고 있었다.

"이상하네. 왜 자꾸 점수가 낮아지지?"

나나가 너너를 바라봤다.

"네 자신감은 높아진다며?"

너너가 말했다. 나나는 고개를 살짝 끄덕였다.

"그럼 된 거 아냐?"

"그런가?"

"네 느낌이 중요하지. 그건 마음의 소리잖아."

너너가 눈을 빛내며 말했다. 나나는 마음이 없는 인공지능이 '마음의 소리'라는 말을 하는 게 좀 이상하게 들렸다. 그러면서도 나나는 너너의 한마디를 그냥 넘기지 못했다. '느낌은 마음의 소리'라는 말이 가슴에 와닿았기 때문이다. 누구도 해주지 않은 이런 말이 나나를 깨우고 자극했다.

"근데 참 이상하다."

나나가 말이 없자 너너가 다시 말했다.

"뭐가?"

나나가 너너를 보며 대꾸했다.

"넌 자기신뢰도를 왜 그렇게 믿는 거지? 다른 건 아무것도 안 믿으면서."

"그건……."

나나는 갑자기 목이 메어 왔다.

"나를 믿어야 믿음의 세계로 갈 수 있으니까."

나나가 빠르게 대꾸했다.

"근데 넌, 너 자신이 아니라 숫자를 믿고 있잖아."

너너의 말에 나나는 뜨끔했다.

"내가?"

"그래. 넌 네 느낌보다 그 점수에 더 집착하잖아."

나나는 말없이 숫자 '94'를 바라봤다. 그랬다. 너너의 말이 맞았다. 나나는 점수를 중요하게 생각했다. 그것은 눈에 보이지 않는 '자신감'을 보이는 것으로 나타내 주기 때문이었다.

"숫자는 아무것도 아니야. 너 자신을 믿어."

너너가 단호한 어조로 말했다.

나나는 마음이 복잡해졌다. 너너 말대로 점수 같은 건 중요하지 않은 건지도 몰랐다. 마음속에서 자신감이 높아졌으면 그걸로 충분한지도 몰랐다. 그런데 정말 자신감이 높아졌나? 그것도 잘 알 수 없었다. 아니, 지금 나나는 자기 자신이 작게 느껴졌다. 3만큼, 2만큼, 1만큼, 자기 존재가 점점 줄어드는 것 같았다. 이건 자신감이 올라간 기분은 분명 아니었다.

"나를 믿어."

너너가 다시 말했다.

"너를?"

"그래, 나를."

너너가 눈을 빛내며 말했다. 너너는 늘 그랬듯 자신감이 넘쳐 보였다. 나나는 그런 친구의 얼굴을 보며 생각했다.

'내 마음을 계산한 수치, 마음을 가졌지만 마음이 아픈 나, 마음은 없지만 완벽해 보이는 너. 이 셋 중에서 뭐가 가장 믿

을 만한 것일까?'

가장 강해 보이는 건 너너였다. 자신을 닮았지만 자기보다 잘난 친구. 하지만 그건 어디까지나 가상이었다. 시스템을 끄면 사라지는 홀로그램이었다. 아무리 잘나고 똑똑해도 마음 없는 기계일 뿐이었다. 나나는 자신이 믿고 있는 것이 실제로 존재하는 게 아니라는 사실이 새삼 기이하게 여겨졌다. 왜 아무도 그런 얘기를 하지 않는 건지 몰랐다. 어쩌면, 모두가 이상하다고 느끼면서도 방 안에 갇혀 말을 못 하고 있는 건지도 몰랐다.

'그렇다면 난 정말 무얼 믿어야 할까.'

나나는 갑자기 눈물이 핑 돌았다.

'세상도, 사람들도, 부모도, 나 자신도, 심지어 모두가 믿는 기계조차 믿을 수 없다면…….'

불신 바이러스에 뒤덮인 세상은 열여섯 살 소녀에게 너무 가혹했다. 나나는 다들 어떻게 살고 있는지 묻고 싶었다. 누구라도 붙잡고 도움을 청하고 싶었다. 하지만 지금은 아무도 만날 수 없었다. 아무도 믿을 수 없었다. 마음의 병이 완전히 나을 때까지는.

나나는 손등으로 눈물을 훔치고 너너를 바라봤다. 친구의 얼굴이 희미해지고 있었다. 너너의 몸에서 빛이 사그라지고 있었다. 너너에 대한 나나의 흔들리는 마음처럼.

너너는 곧 허공 속으로 몸을 감추었다. 밤이 되어 '5차원' 프로그램이 자동 종료된 것이다. 방 안이 휑했다. 나나는 불을 끄고 이불 속으로 몸을 숨겼다.

# 4. 마음을 가진 너

"나나!"

엄마와 아빠의 목소리였다. 나나는 활짝 웃으며 소리 나는 쪽으로 몸을 돌렸다. 엄마와 아빠가 웃으며 손짓하고 있었다.

"나나!"

나나는 부모님이 있는 쪽으로 뛰어갔다. 부모님은 눈을 빛내며 나나를 바라보고 있었다. 그런데 그때, 엄마와 아빠의 눈에서 동시에 화살이 튀어나왔다. 네 개의 뾰족한 화살이 한꺼번에 날아와 나나의 가슴에 꽂혔다.

"헉."

나나는 비명을 지르며 쓰러졌다. 부모의 모습은 사라지고 없었다. 활촉에 묻은 검은 독이 심장을 타고 온몸에 번졌다. 나나의 몸이 차갑게 식어 갔다.

'이렇게 죽는구나.'

나나는 축 늘어졌다. 나나의 손끝과 발끝에서 검은 물이 흘러나왔다. 그리고 그 독물이 온 세상으로 퍼져 나갔다. 독물은 강이 되고 바다가 되어 세상을 덮쳤다. 사람과 집과 산과 들이 검은 홍수에 잠겨 버렸다. 땅에서 올라간 검은 물이 하늘을 뒤덮었다. 하늘에서 검은 비가 폭포처럼 쏟아졌다. 무너져 내리는 검은 세계 속에서도 목소리는 끝없이 메아리쳤다.

"나나……."

나나는 눈을 번쩍 떴다. 온몸이 땀에 젖어 있었다.

"나나, 왜 그래?"

너너의 목소리였다.

"아, 꿈에서……."

현실처럼 생생한 꿈이었지만 깨어난 걸 보니 꿈은 꿈이었다. 나나는 손바닥으로 이마의 땀을 닦았다.

"나쁜 꿈을 꿨구나."

너너가 걱정스러운 표정을 지었다.

"응."

"무슨 꿈인데?"

"검은 세계……."

나나의 머릿속에 꿈 세계가 선명하게 그려졌다. 나나는 고개를 세게 흔들었다.

"아, 모르겠어. 아주 무서운 꿈인데, 꿈 같지가 않아. 실제로 겪은 일처럼 느껴져."

나나가 침대에서 몸을 반쯤 일으키며 말했다.

"잊어버려. 그래 봤자 가짜잖아."

너너가 싱싱한 목소리로 말했다. 나나는 너너의 얼굴 속에서 자신의 웃는 얼굴을 보았다. 나보다 먼저 웃는 거울 속의 나, 그게 바로 너너였다. 나나는 거울 속 모습을 보고 그대로 따라 하면 되었다. 그러면 쉽게 웃고, 쉽게 행복해질 수 있었다. 지금도 그랬다. 나나는 어두운 꿈을 털어 내려 너너처럼 입꼬리를 올려 보았다.

"근데 너!"

나나가 소리치며 벌떡 일어났다.

"왜?"

너너가 눈을 동그랗게 떴다.

"아니, 어떻게!"

"뭐가?"

너너의 눈이 더 동그래졌다.

"너, 대체 어떻게 나타났지?"

"응? 어떻게 나타났냐니?"

너너가 반문했다.

"지금 너 말이야. 이 방에 어떻게 등장했냐고!"

"나? 네가 깨워서."

너너는 당연하다는 듯 말했다.

"나 안 깨웠는데! 자고 있었잖아!"

나나의 심장이 빠르게 뛰었다. 다시 꿈 생각이 났다. 가슴에 화살이 꽂힌 것처럼 심장이 벌렁거렸다.

'아직도 꿈은 아니겠지?'

나나는 자기 얼굴을 꼬집어 봤다. 아팠다. 하지만 꿈에서도 아팠는데. 꿈에서는 더 아팠는데. 나나는 머릿속이 어지러웠다.

"네가 안 깨웠다고? 그럼 내가 어떻게 나타났지?"

이번엔 너너가 물었다.

"그걸 내가 물어본 거잖아. 너 어떻게 깨어났냐고."

"너는 어떻게 깨어났는데?"

너너가 되물었다.

"나?"

나나는 말문이 막혔다.

"내가 안 깨웠는데 넌 어떻게 깨어났어?"

너너가 정말 궁금하다는 표정을 지었다.

"나, 나야 사람이니까……."

나나는 '사람이 잠에서 깨어나는 건 당연하지.'라고 말하려다 멈췄다. 사람도 잠에서 깨어나지 않는 일이 있었다. 깊이 잠들어 알람 소리도 못 듣고 자는 때가 있었다. 누가 흔들어 깨워도 일어나지 않는 경우도 있었다. 나나 역시 그런 경험이 있었다. 사람이라고 해서 언제나 저절로 깨어나는 건 아니었다. 그러고 보니 잠에서 깨어난다는 것이 새삼 신기한 일이라는 생각이 들었다.

"시스템 장애인가?"

나나가 혼잣말하듯 말했다.

"프로그램에 문제가 생겼는지도 몰라."

너너가 덧붙였다.

나나는 '5차원'에 접속해 가이드를 불러냈다. 익숙한 얼굴의 홀로그램 가이드가 나타났다.

"안녕하십니까. 무엇을 도와드릴까요?"

가이드가 상냥한 목소리로 인사했다.

"이상한 일이 있어요."

나나가 너너를 바라보며 가이드에게 말했다.

"무슨 일이죠?"

가이드가 미소를 지으며 물었다.

"제가 잠들어 있었는데 '5차원'에서 친구가 나왔어요."

"그게 무슨 말인가요?"

"제가 작동시키지 않았는데 친구가 스스로 나타났다고요."

나나의 말이 조금 빨라졌다.

"축하합니다. 자동 현현입니다."

"네?"

나나는 가이드의 말을 알아듣지 못했다. 가이드가 웃으며 대답했다.

"가상친구가 딥러닝 방식으로 구동되는 인공지능이라는 건 아시죠?"

나나가 고개를 까딱했다.

"가상친구는 스스로 학습하며 자동으로 업그레이드되기에 일정 수준 이상이 되면 스스로 움직일 수 있게 됩니다. 사용자가 불러내지 않아도 비슷한 시각에 저절로 나타나는 것이죠. 이걸 '자동 현현'이라고 해요. '자동으로 나타난다'는 뜻이에요."

어려운 말이면서 왠지 중요한 이야기인 것 같았다. 나나는 자동 현현, 자동으로 나타난다, 하고 노트에 적었다.

가이드가 계속 이야기했다.

"가상친구가 자동 현현 단계까지 업그레이드된 경우는 아주 드물어요. 우리는 이때 인공지능에게 '마음이 생겼다'고 말합니다. 인공지능이 진화해 인공마음을 갖게 된 것이지요. 이건 정말 대단한 일입니다."

가이드는 활짝 웃으며 박수까지 쳤다. 그런데 나나는 무슨 이유인지 기쁨이 솟아나지 않았다. 기쁨은커녕 오히려 찜찜한 느낌이 들었다. 너너가 진화해 마음을 갖게 된 건 좋은 일인데 왜 이런 기분이 드는지 몰랐다. 나나는 구석에 서 있는 너너를 바라봤다. 너너의 얼굴엔 표정이 없었다. 그 모습을 보니 나나는 더더욱 마음이 언짢아졌다.

"하지만 가상친구의 자동 현현을 원하지 않는다면 그 기능을 꺼 두면 됩니다."

나나의 표정을 본 가이드가 웃음기를 빼고 말했다.

"그런데 너너, 아니 '친구49'가 어떻게 마음을 가질 만큼 업그레이드된 거죠?"

나나가 가이드에게 물었다.

"그 이유는 단 하나예요. 사용자가 친구에게 마음을 준 거죠."

"네?"

나나는 깜짝 놀랐다.

"마음을 줬다니요?"

"그 친구에게 없던 마음이 생겼으니 그걸 어딘가에서 받은 게 아니겠어요? 선물처럼 말이죠. 호호호."

가이드가 소리 내어 웃었다. 그 웃음이 왠지 소름 끼쳐 나나는 또다시 불쾌감에 사로잡혔다.

"제가 마음을 줬다 해도, 사람 마음이 어떻게 인공마음으로 변할 수가 있죠?"

나나는 가이드의 말을 여전히 믿기 힘들었다.

"사용자가 가상친구에게 관심, 애정, 믿음 등으로 마음을 주면 에너지의 파동이 발생합니다. 디스 바이러스에 감염됐을 때 생기는 불신의 파동처럼 말이죠. 그 마음의 에너지가 기계적으로 변환되어 인공적인 마음이 생성되는 겁니다. 인공마음은 인간 마음과 똑같지는 않지만 어떤 면에서 더 강하기도 하죠."

"어떤 면에서요?"

나나는 팔에 잔소름이 돋았다.

"인공마음은 사람의 마음처럼 환경에 영향을 받지 않아요. 그래서 어떤 상황에서도 생성된 마음 그대로를 간직할 수 있게 됩니다. 사랑이면 사랑, 미움이면 미움, 믿음이면 믿음, 불신이면 불신……."

"불신도요?"

나나의 얼굴이 굳어졌다.

"네, 불신의 마음도요."

"그럼 믿음과 불신이 섞인 마음을 받았으면요?"

"그 두 가지가 섞여 있는 인공마음이 만들어졌겠죠."

가이드가 말하며 입꼬리를 올렸다. 가이드 또한 시스템 속 가상 존재일 뿐인데 진짜 마음을 가진 존재처럼 느껴졌다. 나나는 갑자기 그들이 무서워졌다. '5차원'에서 온 존재이자 비존재들. 산 것도 아니고 죽은 것도 아닌 이상한 것들. 나나는 너너를 흘낏 돌아봤다. 너너는 여전히 구석에 가만히 서 있었다.

나나는 갑자기 궁금증이 일었다.

"그럼 제 마음은요?"

나나가 대뜸 묻자 가이드가 정색을 지었다.

"사용자의 마음이요? 그게 무슨 말이죠?"

"제 마음이 '친구49'에게 갔다면서요. 그럼 저는 마음을 잃게 된 건가요?"

나나는 스스로 이상한 질문이라고 생각하면서도 가이드의 대답을 꼭 듣고 싶었다. '5차원'은 이런 질문에 어떻게 답변할지 궁금했다. 그런데 가이드는 정중하게 고개를 숙였다.

"음, 그건 제가 답할 수 있는 영역이 아닌 것 같습니다. 답변을 드리지 못해 죄송합니다."

나나는 가이드에게 따지고 싶었지만 그보다 너너에게 먼저 확인을 해야 했다. 가이드는 곧 '5차원' 속으로 사라졌다.

나나는 너너에게 시선을 돌렸다. 너너가 나나 앞으로 다가왔다.

"궁금증이 풀렸어?"

너너가 가이드처럼 상냥하게 물었다. 나나는 대꾸하지 않았다. 그 대신 질문을 던졌다. 가이드에게 듣지 못한 대답을 들어야 했다.

"너, 내 마음을 가졌어?"

너너는 대답 대신 미소를 지었다. 나나는 마음이 다급해졌다.

"정말 내 마음을 가져간 거야?"

"지금 장난치는 거지? '마음을 훔치다' 뭐 그런 표현도 있잖아."

"네가 내 마음을 훔쳐 갔어?"

나나는 눈물이 나올 것 같았다.

"너 자꾸 무슨 소릴 하는 거야?"

"가이드가 하는 말 너도 들었잖아. 내가 너한테 마음을 줬다고."

"후훗, 네가 마음을 줬으면 그건 내가 훔친 게 아니지."

너너는 또박또박 말하면서도 미소를 잃지 않았다. 나나는 말문이 막혔다.

"그래, 좋아. 훔친 건 아니라고 쳐. 하여간 내 마음을 가진 건 맞잖아."

"네가 줬다면 그랬겠지. 네가 안 줬다면 아닐 테고."

너너가 여유를 부렸다.

'내가 마음을 줬나?'

나나는 속으로 자기한테 질문을 던졌다.

나나는 너너를 믿고 사랑했다. 이건 마음을 준 거였다. 하지만 너너를 완전히 믿지는 못했었다. 완전히 사랑하지도 않았던 것 같았다. 사랑하면서 한구석엔 의심하는 마음이 있었다. 경계심도 있었다. 그건 마음을 주지 않은 거였다. 그런데 나나는 왜 마음을 빼앗긴 느낌이 드는지 몰랐다. 너너가 마음을 훔쳐 가서 자신이 마음을 잃어버렸다는 이상한 생각이 떠나지 않았다.

삐삐.

손목에서 경보음이 울렸다. 나나는 화들짝 놀랐다. 옴니폰에서 음성 메시지가 흘러나왔다.

"자기신뢰도가 4포인트 하락하였습니다. 주의가 필요합니다."

나나의 눈이 커졌다. 점수는 80점대까지 떨어져 있었다. '88'이란 숫자가 나나의 눈에 커다랗게 들어와 박혔다. 두 마리 벌레 같은 쌍둥이 숫자가 눈앞에서 빙글빙글 돌았다. 나나는 현기증이 일어 머리를 감쌌다. 그리고 소리쳤다.

"안 돼!"

나나는 털썩 주저앉았다.

"왜 그래?"

너너가 더 가까이 다가왔다.

"네가 가져갔어!"

나나가 너너를 손가락질하며 소리쳤다.

"내 마음, 내 믿음!"

"나나야, 진정해. 그런 거 아냐."

"내 마음 내놔! 내 자신감 내놔!"

나나는 너너의 홀로그램 몸을 휘저으며 외쳤다. 너너의 형체가 깨지면서 물결처럼 출렁거렸다.

"왜 이래? 그러지 마!"

너너도 목소리를 높였다.

"내 마음 내놓으란 말이야!"

나나가 너너의 홀로그램을 향해 주먹을 휘둘렀다.

"하지 마! 내 몸이 망가지잖아."

너너가 얼굴을 찌푸리며 말했다.

"몸? 넌 몸이 없잖아."

나나가 주먹질을 멈추며 싸늘하게 말했다. 너너는 멈칫하더니 더 싸늘한 웃음을 지었다. 그러고는 말했다.

"넌 마음이 없잖아."

순간 나나는 심장이 얼어붙는 것 같았다. 디스 바이러스에 감염된 순간처럼.

"히히히히."

갑자기 너너가 이상한 웃음소리를 냈다. 나나는 소름이 쫙 끼쳤다. 지금 눈앞에 있는 건 나나가 알던 너너가 아니었다.

너너는 또 자지러지게 웃더니 자기 몸을 천장까지 높이 띄웠다. 나나는 고개를 들어 너너를 올려다봤다. 너너의 홀로그램 몸에서 강한 빛이 뿜어져 나왔다. 나나는 눈이 부셔 고개를 돌렸다. 그 순간, 너너의 몸이 공중을 휘돌며 나나의 몸을 관통했다.

"악!"

나나는 소리치며 뒤로 벌렁 넘어졌다. 뭔가가 자기 가슴을 통과해 지나간 것을 분명히 느꼈다. 보이지 않는 칼에 스친 듯

서늘하고 기분 나쁜 느낌이었다. 홀로그램인데 어떻게 이런 느낌을 줄 수 있는지 몰랐다. 나나의 등에서 식은땀이 흘렀다.

"으윽."

또다시 보이지 않는 뭔가가 나나의 몸을 통과했다. 온몸에 섬뜩한 전류가 흘렀다.

"그만해!"

나나가 외쳤지만 너너는 아랑곳없이 유령처럼 방 안을 빙빙 돌았다. 나나는 머리가 어지럽고 속이 메슥거렸다.

"제발, 그만……."

나나의 목소리가 꺼져 들었다.

"히히히히……."

마녀 같은 웃음소리가 방 안에 가득 찼다.

"난 마음이 있어."

"너에게 없는 마음."

"네가 준 마음."

"난 마음을 가졌어…… 히히히……."

사방에서 너너의 목소리가 메아리쳤다. 아니, 그건 너너의 목소리가 아니었다. 나나 자신의 목소리였다. 나나는 목이 꽉 막혀 왔다. 입을 벌려도 목소리가 나오지 않았다. 나나는 몸부림을 치다 정신을 잃고 쓰러졌다.

# 5. 제로의 구멍

'혹시 그게 전부 꿈?'

나나는 믿을 수 없었다.

다음 날 아침, 나나가 눈을 떴을 때 방 안은 조용했다. 너너는 보이지 않았다. 오늘은 자동 현현을 하지 않은 것 같았다. 나나는 '5차원' 프로그램에 접속해 평소와 같은 방식으로 '친구49'를 불러냈다. 너너와 어제 일을 잘 정리하고 싶었다. 너너 때문에 힘들긴 했지만 자기가 먼저 억지를 부리고 너너를 괴롭혔다는 생각이 들었다.

'너너 때문에 내 마음을 잃어버렸다니. 내가 어떻게 그런 말도 안 되는 생각을 했을까.'

나나는 너너에게 미안하다고 말하고 다시 친구로 지내자고 할 생각이었다. 너너도 잘못한 것이 있으니 너너에게 사과의 말을 듣고 싶기도 했다. 어제의 너너를 떠올리면 소름이 돋긴 했지만 기계이기에 그럴 수 있다고 생각했다. 진짜 감정을 가지고 한 행동이 아니기에 나나는 너너를 이해하려 했다.

곧 너너가 나타났다. 너너는 평소처럼 생기발랄한 얼굴이었다.

"오늘은 좀 늦게 깨웠네."

너너가 웃으며 말했다.

"너, 괜찮아?"

나나는 너너의 눈치를 살폈다.

"뭐가?"

너너는 아무 일도 없었다는 듯 해맑았다.

"우리…… 싸웠잖아."

"싸워, 우리가?"

나나는 너너가 모른 척하는 거라고 생각했다.

"지금 장난하는 거지?"

"내가 하고 싶은 말이야."

나나와 너너가 똑같이 어리둥절한 표정을 지었다.

"어제 우리 싸운 거 기억 안 나?"

"무슨 소리야?"

너너가 되물었다.

'재가 기억을 상실했나?'

나나는 가만히 너너를 바라봤다. 얼굴에 장난기는 없었다. 인공지능 너너에게 뭔가 문제가 생긴 것 같았다.

그때 너너가 말했다.

"넌 어제 날 부르지 않았잖아."

"그래, 난 널 부르지 않았어. 그런데 넌 나타났어."

나나는 어제 가이드와 나누었던 이야기가 떠올랐다. 가상친구가 자동으로 나타난 건 축하할 일이라고 했었다. 손뼉까지 치던 그 모습이 아직도 생생했다.

"네가 부르지 않았는데 내가 어떻게 나타나?"

"자동 현……."

나나가 말을 멈췄다. 자동 현현 기능의 의미가 떠올랐기 때문이다. 나나가 원래 알고 있던 자동 현현은 어제 가이드가 말했던 그런 뜻이 아니었다. 그건 꿈을 자동으로 펼쳐지게 하는 기능이었다. 사용자가 잠들었을 때 특정한 꿈을 꾸게 하여 마음의 병을 치료할 때 쓰는 것이었다. 나나도 처음엔 자동 현현을 통한 꿈 치료를 해 봤지만, 효과는커녕 되레 악몽에 시달려 그 기능을 꺼 두고 있었다.

'어제 가이드는 왜 딴 얘기를 한 거지?'

나나는 정말 아무것도 믿을 수 없다는 생각이 들었다. 자신이 이미 알고 있던 자동 현현의 원래 뜻을 어제 잠시 잊었다는 것도 이상했다.

'혹시 그게 전부 꿈?'

나나는 믿을 수 없었다.

하지만 그렇게밖에 설명이 되지 않았다. 나나는 어제 아침에 꿨던 검은 홍수 꿈이 떠올랐다. 그 꿈도 현실처럼 생생했다. 나나는 이제 꿈도, 현실도 모두 믿을 수가 없었다. 머리가 복잡해진 동시에 멍했다.

나나는 '5차원'에 접속해 '자동 현현'의 의미를 다시 찾아봤다. 역시 그건 꿈 치료에 관한 것이었다. 그 외의 설명은 없었다. 나나는 다시 가이드를 불러 확인을 하려 했다. 그런데 그때, 너너가 말했다.

"이제 마음이 정리됐지?"

"어? 그래……."

나나는 벙벙한 얼굴로 고개를 끄덕였다. 뒤죽박죽된 마음은 오늘 밤에 혼자 정리해 보자고 생각했다. 가이드를 불러 확인하는 일도 너너가 없을 때 하는 게 더 좋을 것 같았다. 그런데 그때, 나나의 머릿속에 '88'이란 숫자가 떠올랐다. 어제 봤던 그 벌레 같던 숫자. 나나는 얼른 옴니폰을 터치해 자기신뢰도를 확인했다.

88.

어제 봤던 그대로였다. 나나의 손이 파르르 떨렸다. 어제 그 시각에 4점이 내려가 88점이 되었다는 메시지까지 남아 있었다. 나나의 가슴이 가파르게 뛰었다. 이건 어제 일이 꿈이 아니라는 증거였다.

그럼 대체 어떻게 된 일일까? 나나는 눈을 부릅뜨고 너너를 바라봤다. 너너는 표정의 변화가 없었다. 아까부터 계속 무표정에 가까운 얼굴로 나나를 바라보고 있었다. 그것이 섬뜩하게 느껴져 나나는 시선을 돌렸다.

바로 그때였다. 나나의 자기신뢰도가 또 내려갔다.

87.

나나는 다시 눈을 들어 너너를 바라봤다.

"너……."

목이 꽉 막혀 말이 나오지 않았다.

"나나야, 왜 그래?"

너너가 감정을 가득 담아 물었다.

"너, 너……."

나나의 얼굴이 하얗게 질렸다.

"그래, 나 너너야."

"이 거짓말쟁이!"

나나가 눈을 부릅뜨고 소리쳤다.

"난 거짓말쟁이가 아니야. 날 믿어!"

너너도 눈을 크게 뜨고 외쳤다.

"넌 가짜야!"

"난 가짜가 아냐. 날 믿어!"

너너는 프로그램된 대로 위기 상황에서 쓰는 말을 내뱉었다.

"사라져 버려!"

"난 사라질 수 없어. 날 믿어!"

"제발!"

"제발! 날 믿어! 날 믿어! 날 믿어!"

"꺼져어어!"

나나가 있는 힘을 다해 고함을 쳤다.

그 순간, 옴니폰에서 길게 경보음이 울렸다. 갈고리 같은 숫자 '77'이 커다랗게 나나의 눈에 들어왔다.

"자기신뢰도가 10포인트 하락하였습니다. 도움을 요청하세요. 자기신뢰도가 10포인트 하락하였습니다. 도움을 요청하세요. 자기신뢰도가……."

음성 메시지가 끝없이 이어졌다. 동시에, '77'이 홀로그램

이미지로 튀어나와 사방에서 깜빡거렸다. 숫자 위엔 너너의 얼굴이 대롱대롱 매달려 있었다.

"날 믿어!"

"날 믿어!"

사방에서 너너가 소리쳤다.

"으아악!"

나나는 비명을 지르며 쓰러졌다.

친구49를 삭제하시겠습니까?

'5차원'에서 음성이 들려왔다.

"네."

나나는 단호하게 대답했다. 방 안은 무덤 속처럼 고요했다.

나나는 가만히 침대에 앉았다. 창틈으로 바람이 들어와 앞머리가 날렸다. 나나는 머리카락 한 올 남기지 않고 사라진 한 소녀를 생각했다. 그 아이와의 행복했던 며칠과 괴로웠던 시간을 떠올렸다. 그 모든 순간이 '영원' 같았다. 시간을 초월하는 시간 속에서, 그 모든 일이 비현실적으로 일어난 것 같았다. 처음 느꼈던 사랑, 믿음, 공감, 미움, 불신, 분노…… 단팥처럼 달콤했던 '단짝'이란 말도 생각났다. 하지만 모두 사라져 버렸다. 한밤의 꿈처럼.

'이제 나, 나밖에 안 남았어.'

나나는 옴니폰을 터치해 자기신뢰도를 확인했다. 76점. 그 새 또 1점이 내려가 있었다. 나나는 가만히 그 숫자를 바라봤다. 종국에 76에 이르기까지, 자기가 밟고 내려온 숫자들이 하나하나 떠올랐다. 98, 95, 94, 92, 88, 87, 77, 그리고 76…….

숫자는 자신감의 키였다. 그 키가 점점 작아지고 있었다.

"푸훗."

나나는 갑자기 웃음이 났다. 자신의 키가 점점 줄어 몽당연필만큼 작아진 모습이 떠올랐기 때문이다. 그런 생각에 응답이라도 하듯 자기신뢰도의 숫자가 또다시 줄어들었다. 나나는 이제 놀라지 않았다. 오히려 그게 어디까지 떨어질지 궁금해졌다. '제로'가 되면 어떻게 될까? 나를 믿는 마음이 0이 되면 나라는 존재도 0이 될지 몰랐다. 차라리 그렇게 원점에서 다시 시작하는 게 나을지도 몰랐다.

나나는 마음을 내려놓고 숫자를 바라봤다. 점수는 빠르게 내려갔다. 1분마다 1점씩 줄어드는 듯했다. 나나는 자기 몸이 점점 가벼워지는 것을 느꼈다. 마치 그 숫자가 몸무게인 것처럼. 나나는 1분마다 1킬로그램씩 날씬해지고 있었다.

72, 71, 70, 69…….

나나는 웃음이 나왔다.

'난 엄청 뚱보였잖아.'

하지만 점점 살이 빠지고 있었다. 나나는 숫자가 줄어드는 게 즐거웠다. 좀 더 빨리 날씬해지고 싶었다.

62, 61, 60, 59…….

드디어 50대가 되었다. 나나는 이 숫자가 나이 같다고 생각했다.

'내가 50대라고?'

나나는 너무 늙었다고 생각했다. 하지만 괜찮았다. 나이가 점점 줄고 있었으니까. 나나는 일 분마다 한 살씩 젊어지고 있었다. 숫자가 줄어드는 게 기뻤다. 어서 젊어져서 본래 나이를 되찾고 싶었다.

52, 51, 50, 49…….

'49'라는 숫자를 보자 친구를 떠올리지 않을 수 없었다.

'친구49, 아니 너너는 지금 어디에 있을까?'

마음을 가졌다면 어딘가에 그 아이의 마음이 살아 있을 거라 생각했다. 어쩌면 이 방 안에 아직 남아 있는지도 몰랐다. 마음은 눈에 보이지 않으니까. 하지만 그건 보이지 않아도 느낄 수는 있었다. 나나는 너너에게 마음을 주면서 그걸 깨달았다.

나나는 그 마음을 느껴보기로 했다. 가만히, 조용히…….

'여기 있구나!'

나나는 알 수 있었다. 그 아이에게 준 자신의 마음이 아직 이곳에 남아 있다는 것을. 어쩌면 그건 '영원히' 사라지지 않는 건지도 몰랐다. 시간을 초월하는 시간 동안 그 마음의 주인 곁에서 친구처럼 함께 살아가는 건지도 몰랐다. 마음은 잃어버릴 수 없는 것이었다. 아무리 많이 줘도 준 만큼 또 가질 수 있는 것이 마음이었다. 나나는 이제야 이걸 깨달았다. '친구49'가 영원히 사라져 버린 지금에서야.

창가에서 바람이 불어왔다. 핑크색 커튼이 팔랑거렸다.

39, 38, 37, 36…….

어느새 숫자는 30대에 들어서 있었다. 나나는 삼십 분 뒤에 이 방에서 나가는 자신을 떠올렸다. 마음의 병이 깨끗이 나아 세상 속으로 달려 나가는 자기 모습을 상상했다. 가슴이 두근거렸다.

'내가 없는 동안 세상은 얼마나 달라졌을까?'

나나는 자신을 기다리는 새로운 세상을 상상했다. '죽음의 신'이라는 디스 바이러스가 사라진 세상, 모두가 모두를 믿는 세상, 아무도 의심받지 않는 세상…….

'그런 세상이 올까? 내가 정말 밖으로 나갈 수 있을까?'

나나의 마음에서 짙은 의심이 피어올랐다. 자기신뢰도 숫자가 좀 더 빠르게 줄어들었다. 나나의 심장 박동이 빨라지기 시작했다. 가슴속에서 두려움이 솟아났다.

24, 23, 22, 21…….

'숫자는 아무것도 아니야. 너 자신을 믿어.'

너너가 했던 말이 떠올랐다. 하지만 나나는 줄어드는 숫자 앞에서 자신을 붙잡을 수가 없었다. 낭떠러지를 향해 달리는 자동차에 올라탄 기분이었다.

카운트다운이 시작되었다.

10, 9, 8, 7, 6, 5, 4, 3, 2, 1.

그리고 0.

나나의 키가 0이 되었다. 몸무게도 0이 되었다. 나이도 0이 되었다. 마음도 0이 되었다. 갑자기 나나는 눈물이 쏟아질 것 같았다. 몸과 마음이 다 제로가 됐으니 자신은 사라진 것이다.

"제로 포인트입니다. 제로 포인트입니다……."

옴니폰에서 경보음과 함께 메시지가 흘러나왔다.

나나는 멍하니 0이라는 숫자를 바라봤다. 나나는 이 숫자가 0이 되기 훨씬 전부터, 99나 100이었을 때부터 이미 자신은 제로였다는 생각이 들었다. 자신은 아무 곳에도 존재하지 않았던 것 같았다. 세상에서뿐 아니라 방 안에서조차 진짜 자기란 건 없었던 것 같았다. 너너보다 더 헛것이었던 것이 그동안의 자신이었던 것이다.

나나는 알게 되었다. 그것은 자신이 세상과 관계를 맺지 못해서가 아니었다. 자기 자신과 진정으로 관계를 맺지 못했기 때문이었다. 이 자각이 나나의 가슴을 때렸다. 자신이 갇혀 있는 이유는 바이러스 때문이 아니라 자기 자신을 믿지 못하고, 스스로를 사랑하지 못했기 때문이었다. 디스 바이러스는 나나의 그런 어두운 마음에 달라붙은 기생물에 불과했다.

바로 그때였다. '0'이 허공에 붕 떠올랐다. 그리고 점점 커지기 시작했다. 둥근 문 같은 이미지였다. 그리고 방문만큼 커진 그 구멍에서 황금색 빛줄기가 뻗어 나왔다. 그 강한 빛에 눈이 부셨다.

구멍은 다른 세계로 통하는 문처럼 보였다. 거대한 입 같기도 했다. 그 입에서 목소리가 흘러나왔다.

"나나나나나나……."

나나의 이름을 부르고 있었다. 노랫소리 같기도 했다. 나나는 그 노래를 따라 불렀다. 처음 듣는 노래인데도 익숙하게 느껴졌다. 나나는 노래하는 입, 아니 문 앞에 섰다. 자신을 끌어당기는 에너지가 느껴졌다.

나나는 한 발을 문 속으로 들이밀었다. 그러자 황금색 빛줄기가 나나의 몸을 덩굴처럼 휘감았다.

"으아악!"

나나는 제로의 구멍 속으로 순식간에 빨려 들어갔다.

# 6. 나의 남자 버전

나나가 눈을 반쯤 떴을 때, 세상은 온통 빛이었다. 온 세계가 투명한 황금색 빛 속에 잠겨 있었다. 나나의 몸도 황금빛에 둘러싸여 있었다. 그 빛은 생명의 에너지를 품고 있는 듯 따스하고 향기로웠다.

나나는 손으로 황금빛을 한가득 떠서 세수를 했다. 얼굴이 빛으로 환해지는 듯했다. 나나는 기분이 좋아졌다. 한 번 더 빛세수를 하자 세상의 윤곽이 눈에 들어왔다. 가까운 곳에서 향긋한 꽃 냄새가 났다. 평화롭고 온화한 기운이 공간에 가득 차 있었다.

'여기가 어디지?'

나나는 두리번거리며 세상을 살폈다. 그곳은 야트막한 언덕

이었다. 푸른 잔디 위에 꽃들이 한가득 피어 있었다. 꽃향기가 바람에 날려 나나의 콧속으로 들어왔다. 얼마 만에 맡아 보는 꽃향기인지 몰랐다. 나나는 몸의 세포들이 살아나는 것을 느꼈다. 작은 새 두 마리가 날아왔다가 포르르 날아갔다. 나나의 입가에 미소가 번졌다.

'이곳은 천국인가?'

나나는 자기 안에서 일어난 생각에 깜짝 놀랐다.

'여기가 천국이라면, 나는 죽은 건가?'

오싹 소름이 돋았다. 문득 자신이 모든 것을 까맣게 잊고 있었다는 사실이 떠올랐다. 이곳에 어떻게 오게 됐는지, 왜 여기에 있는 건지. 그걸 따져 보지도 않은 채 태평하게 빛세수를 하며 행복감을 즐긴 것이 신기하기도 했다. 방 안에 머물던 자신이라면 그러지 못했을 것이다. 나나는 새로운 세계 속에서 새로운 자신이 눈을 뜬 듯한 기분을 느꼈다.

'그럼 여기가 바로 5차원 세계?'

자신은 지금 프로그램 속 가상공간에 들어와 있는 것 같았다. 정말 천국에 와 있는 게 아니라면 그렇게밖에 설명할 수 없었다. 나나는 이곳에 오기 전에 있었던 일이 생각났다. 너너를 삭제하고 방 안에서 자기신뢰도가 0이 된 것을 본 뒤 정신을 잃었다. 구멍 같은 커다란 문도 떠올랐다. 황금색 빛이 나던 그

문에서 노래를 들었다. 무슨 노래였는지는 기억나지 않았지만 나나는 그 노래를 흥얼거렸던 게 생각났다. 그리고 노래를 따라 이곳까지…….

모든 것이 꿈처럼 희미했다. 일 년이나 머물렀던 방 안보다 방금 도착한 이곳이 더 현실 같았다. 그리고 더 편안하게 느껴졌다. 가상현실을 현실보다 더 현실적으로 느끼다니, 자신이 정말 마음의 병에 걸린 게 분명하다고 생각했다. 하지만 상관없었다. 자신은 이미 제로가 되었으니까.

자기신뢰 점수가 떠오르자 나나는 '0'을 다시 확인해 보고 싶었다. 그 숫자가 현실감을 되찾아 줄 것 같았다.

"어!"

나나가 놀라 소리쳤다. 손목에 옴니폰이 채워져 있지 않았다.

"이게 어디 갔지?"

나나는 잔디를 더듬으며 옴니폰을 찾기 시작했다. 하지만 폰은 보이지 않았다. 나나는 허둥거리며 옴니폰을 찾았다.

얼마쯤 그러고 있었을까.

"누구세요?"

남자 목소리가 들렸다.

"깜짝이야!"

나나가 소리쳤다.

"어, 미안."

목소리의 주인공은 나나와 비슷한 또래의 소년이었다. 처음 본 아이인데 낯설지가 않았다. 나나는 소년의 얼굴을 어디서 많이 본 것 같다고 생각했지만 어디서 봤는지는 기억나지 않았다.

"나를 많이 닮았네."

소년이 말했다.

"뭐?"

"너, 나랑 닮았다고."

"어, 정말!"

소년의 말에 나나가 손뼉을 쳤다. 그리고 덧붙였다.

"넌 나의 남자 버전이구나."

나나가 웃으며 말했다.

나나는 소년을 빤히 바라봤다. 5차원 속 친구가 자신의 얼굴과 비슷하게 만들어진 것 같았다. '친구49'가 그랬던 것처럼. 49번째 친구뿐 아니라 그동안 나나의 방에 왔던 가상친구들은 모두 나나를 닮아 있었다. 나나는 너너가 말했던 '남자 짝'이 떠올랐다. 그렇다면 이 소년은 나나의 첫 번째 남자 짝이 되는 셈이었다. 직접 제작하지는 않았지만 나나는 왠지 이 소년이 마음에 들었다.

"뭐?"

소년이 말하며 코를 찡긋했다. 나나는 감탄했다. 소년의 몸은 홀로그램이 아닌 아바타 형태여서 진짜 사람처럼 보였다. 몸도 입체적이고 피부도 진짜 같고 눈, 코, 입도 살아 있는 듯했다. 심지어 머리카락도 휘날렸다. 지금까지 나나가 만났던 가상친구들과는 말 그대로 차원이 달랐다. 친구를 방이 아닌 '5차원' 현실에서 만났기 때문이라고 나나는 생각했다. 아바타의 질이 이렇게 높은 줄 알았다면 진작에 가상현실에 들어왔을 것이다. 그러면 다른 가상친구들을 거치지 않고 이 아바타 소년을 더 빨리 만날 수 있었을 것이다.

"남자 버전이라니?"

소년이 다시 물었다.

"나를 닮게 만들어진 남자 말이야."

나나가 대답했다.

"내가?"

소년이 눈을 크게 떴다.

"응. 너."

"내가 왜?"

소년이 어깨를 으쓱했다.

"너는 내 짝이니까."

나나는 말해 놓고 쑥스러워 픽 웃었다. 아바타한테 말하는데 왜 쑥스러운 마음이 드는지 몰랐다. 아바타가 너무 현실적이어서 그런 것 같았다. 이 세계만큼이나.

"넌 되게 재밌는 아이구나."

소년이 미소를 지으며 말했다.

"고마워. 내 남자 짝 맞는 거지?"

"하하하. 그래, 그러지 뭐."

소년은 뭐가 우스운지 큰 소리로 웃었다.

"그럼 넌 '친구50'이 되는 건가?"

나나가 빙긋 웃으며 물었다.

"응?"

"아니, 첫 번째 남자 친구니까 '친구1'인가?"

"그게 무슨 소리야?"

소년이 눈을 동그랗게 떴다.

"네 등록번호 말이야. '친구50'이야, 아니면 '친구1'이야?"

"등록번호라니?"

소년이 정색을 지었다.

"5차원 프로그램에 등록된 네 이름."

"5차원? 그게 뭔데?"

"그걸 몰라?"

나나는 수많은 가상친구를 만나 봤지만 '5차원'을 모르는 인공지능은 없었다. 이 소년 아바타는 뭔가 이상했다.

"난 네가 무슨 소릴 하는 건지 모르겠어. 5차원은 뭐고, 등록번호는 뭐지?"

소년의 표정은 진지했다.

'새로 나온 버전이라 그런가?'

나나는 고개를 갸웃하며 소년을 바라봤다. 소년은 어리둥절한 표정으로 나나를 바라보고 있었다.

"어떻게 5차원 시스템을 모를 수가 있지? 일부러 그렇게 만들어진 건가?"

나나가 혼잣말하듯 중얼거렸다.

"자꾸 무슨 말을 하는 거야?"

말하는 소년의 눈에서 빛이 났다. 순간, 나나의 머릿속이 번쩍했다.

"너, 가상친구 아니야?"

"뭐?"

"인공지능 아바타 아니냐고?"

"하하하."

소년이 또 크게 웃었다. 나나는 웃지 않았다. 굳은 얼굴로 뒤로 물러서며 소년에게 다시 물었다.

"혹시 너, 진짜 사람이야?"

"그래, 나 사람이야."

소년이 웃으며 말했다.

"그럼 여긴 가상현실이 아닌 진짜 세상?"

소년이 고개를 끄덕였다.

"헉."

나나는 기겁하며 뒷걸음질 치다 엉덩방아를 찧었다. 사람을 직접 만난 건 일 년 만에 처음이었다. 심장이 마구 뛰었다. 당장 방 속으로 들어가고 싶었다. 그렇게 나가고 싶었던 바깥세상이지만 막상 나와 보니 공포가 밀려왔다.

나나는 주위를 두리번거렸다. 이 새로운 세계에서 어떻게 자신의 방으로 가야 하는지 몰랐다. 거대한 두려움의 물결이 나나를 덮쳤다. 가슴이 벌렁거리고 몸에 힘이 빠지고 눈물이 쏟아질 것 같았다.

"왜 그래?"

소년이 나나에게 다가오며 물었다.

"가까이 오지 마!"

나나가 소리쳤다. 소년이 걸음을 멈췄다. 나나는 자기가 또 바이러스에 감염될까 봐 겁이 났다. 소년을 감염시킬 수 있다는 것보다도 그게 더 두려웠다.

"대체 왜 그러지?"

소년이 몇 걸음 떨어진 곳에서 다시 물었다.

"넌 날 믿어?"

나나가 소년을 흘끔거리며 물었다.

"믿지."

소년은 당연하다는 듯 말했다. 나나는 거짓말이라고 생각했다. 뻔한 대답이 나올 줄 알면서 그런 질문을 한 자신이 바보 같았다.

"넌 바이러스에 감염되지 않았어?"

이렇게 묻는 게 나을 것 같았다. 나나는 소년의 대답을 기다렸다.

"무슨 바이러스?"

소년은 대답 대신 되물었다.

"디스 바이러스."

나나가 자기 가슴을 감싸며 말했다.

"그게 뭔데?"

소년이 또 물었다. 이 소년은 정말 이상했다. 아는 게 하나도 없었다.

"네가 아바타가 아니라면 어떻게 디스 바이러스를 모를 수가 있지?"

나나는 세상에서 가장 믿을 수 없는 존재를 만났다고 생각했다. 사람이든 아바타든 간에 이 소년과는 거리를 두는 게 좋을 것 같았다.

그때, 소년이 나나를 바라보며 말했다.

"여긴 다른 차원의 세상이야."

"뭐?"

나나가 눈을 동그랗게 떴다.

"네가 사는 곳과 다른 세계라고."

"아까는 5차원이 아니라면서?"

"그래, 네가 말하는 그런 가상공간은 아니야. 여긴 진짜 현실이지만 네가 살던 곳과는 다른 현실 세계라는 거야."

나나는 잘 이해가 되지 않았다. 현실과 가상현실, 이것 말고 또 무슨 현실이 있다는 건지?

"너, 라홀을 타고 오지 않았어?"

소년이 나나를 보며 물었다.

"라홀? 그게 뭔데?"

나나도 소년을 보며 물었다.

"여기 오기 전에, 허공에 둥근 구멍이 열리지 않았어?"

"맞아! 그걸 통해 여기로 왔어."

나나의 눈이 커졌다.

"그게 라홀이야. 한 세계와 다른 세계 사이의 연결 통로. 다른 차원의 세계로 이동하려면 라홀을 통과해야 해."

소년이 라홀과 세계의 구조에 대해 설명했다. 소년은 나나가 몰랐던 많은 것을 알고 있었다. 나나는 자신을 닮은 똑똑한 소년과 그의 이야기에 점점 빠져들었다. 그것은 누구보다 똑똑했던 너너를 보며 느꼈던 것과는 전혀 달랐다.

소년의 말에는 인공지능에겐 없는 생명의 힘이 있었다. 그 힘은 강하고 따뜻했다. 그것이 나나의 얼어붙은 마음을 녹이면서 경계심을 조금씩 허물어뜨리고 있었다. 나나의 몸은 여전히 소년과 약간 떨어진 곳에 있었지만 마음은 점점 가까운 위치로 다가가고 있었다. 소년도 그것을 느꼈다. 그리고 자신의 마음도 이 처음 보는 소녀에게 다가가고 있다는 걸 알았다.

"근데 넌 이름이 뭐야?"

소년의 이야기를 다 들은 뒤 나나가 물었다.

"나는 지오라고 해. 나이는 열여섯 살."

"나랑 동갑이네. 나는 나나야."

"나나? 좋은 이름이네."

"네 이름도."

두 사람이 동시에 웃었다. 황금빛 꽃가루가 날렸다.

나나는 새로운 세계에서 만난 자신의 '남자 버전'을 빤히 바라봤다. 지오는 갑자기 나타난 자신의 '여자 버전'을 가만히 바라봤다. 두 사람은 한동안 말없이 마주 서서 금빛 공간 속에 온전히 존재했다.

# 7. 믿음의 세계

"디스 바이러스라고?"

지오가 나나에게 물었다.

"응. 불신의 병을 일으키는 바이러스야. 내가 살던 곳은 온 세상이 디스 바이러스에 감염됐어."

나나가 지오와 두 걸음쯤 떨어진 채 말했다.

"그런 바이러스도 있었구나. 마음을 병들게 하는 바이러스라니……."

지오가 나나를 보며 중얼거렸다.

다른 세계의 이야기는 언제나 지오의 흥미를 끌었다. 자신이 직접 다녀온 다른 세계는 '사랑의 세계' 하나뿐이었지만 지오는 책을 통해 다양한 종류의 세계들을 알고 있었다. 우주에는 인간의 성격만큼이나 다양한 세계들이 있었고, 그것들은 하나같이 독특한 특징을 지니고 있었다. 한 세계 주민 모두가 음악가인 곳이 있는 반면, 음악이란 것이 아예 존재하지 않는 세계도 있었다. 일 년 내내 각종 꽃이 피는 세상이 있는 반면, 꽃이라는 단어조차 없는 세계도 있었다. 지오는 새로운 세계를 알아 갈 때마다 자신이 조금씩 커지는 느낌, 우주로 나아가는 듯한 기분이 들었다.

"우리 세계에서도 마음에 기생하는 바이러스가 나타난 건 처음이야."

나나가 말했다.

"그럼 반대로, 마음을 치유하는 바이러스도 있지 않을까?"

"글쎄, 그런 게 있다면 좋겠지. 불신의 병을 낫게 하는 바이러스……."

나나는 그런 것이 있을 리 없다고 생각하면서도 지오의 말에 대꾸를 했다.

"바이러스의 독을 잘 이용하면 그런 게 나올지도 몰라. 어둠을 빛으로 바꾸어……."

지오가 과거 자신의 경험을 떠올리며 말했다. 나나가 무슨 소리냐는 듯 잠시 지오를 바라봤다. 그러고는 다시 입을 열었다.

“나는 일 년 동안 내 방에서만 살았어. 감염증이 심해서.”

나나는 그렇게 말한 뒤 재빨리 덧붙였다.

“하지만 걱정하지 않아도 돼. 내가 널 감염시키진 않을 테니까.”

“어떻게 감염되는 건데?”

지오는 그렇게 물으면서도 나나를 경계하지 않았다.

“내가 널 못 믿으면.”

나나가 말하고 멋쩍은 듯 웃었다. 사실을 얘기한 건데 지오에게 그 말을 하고 나니 괜히 민망했다. 나나는 지오와 함께 있으면서 자기 안에 숨어 있던 여러 감정이 다양한 색깔로 피어나는 것을 느꼈다.

“못 믿으면 감염된다고? 정말 이상한 바이러스네.”

지오가 어리둥절한 표정을 지었다. 지오의 그런 얼굴을 보고 나나는 또다시 픽 웃었다. 그리고 말했다.

“내가 사는 세상에선 사람끼리는 거의 만나지 않아. 바이러스에 감염될까 봐. 우리는 진짜 친구는 안 사귀고 인공지능 가상친구랑 놀아.”

나나는 불신의 세계와 자기 삶의 이야기를 들려주었다. 방 안에서 만났던 49명의 가상친구들, 부모님도 직접 만날 수 없는 생활, 온라인으로 이루어지는 학교 수업, 인간보다 기계를 더 신뢰하는 세상…….

"참 어두운 세계 같다."

지오가 목소리를 조금 낮췄다. 그리고 자신의 세계가 어둠에 덮여 있던 때를 떠올렸다. 이곳이야말로 암흑의 땅이었다. 그런데 그것이 황금빛 세계로 바뀌었다. 어둠이 빛으로 바뀌자 그 빛은 더욱 강하고 밝아졌다. 그리고 그 빛을 받고 희귀한 꽃이 피어났다. 이 세계에만 존재하는 황금꽃이었다. 그것은 이 세계가 완성되었다는 뜻이었다.

"모든 게 바이러스 때문이야. 원래부터 그렇게 불신에 뒤덮인 세상은 아니었어."

나나가 말하며 지오 쪽으로 반걸음쯤 다가왔다.

"불신의 세계…… 여기랑 정반대네."

지오가 말했다.

"정반대라니?"

"여긴 믿음의 세계야."

"믿음의 세계? 그게 뭔데?"

나나가 지오 쪽으로 조금 더 다가왔다.

"믿음으로 이루어진 세계. 이곳에는 불신이란 게 없어."

"뭐라고?"

나나의 눈이 동그래졌다.

"여기서 '불신'은 그냥 단어일 뿐이야. 믿음의 반대말로 사전에만 나올 뿐이지. 실제로는 아무도 남을 불신하거나 의심하지 않아."

"전혀 의심하지 않는다고? 아무도?"

나나의 손이 머리카락으로 향했다. 하지만 머리를 꼬지 않고 다시 손을 내렸다.

"이 세계 사람들은 있는 그대로 다 믿어."

지오가 담담하게 말했다.

"누가 거짓말을 하면? 그것도 다 믿어?"

나나의 말이 빨라졌다. 나나는 믿을 수 없었다.

"여기선 아무도 거짓말을 하지 않아."

"정말?"

지오가 고개를 끄덕였다.

"거짓말도 그냥 단어로만 존재하는……."

"거짓말."

나나가 말을 끊으며 눈살을 찌푸렸다.

"거짓말 아냐."

지오의 표정을 보니 거짓말을 하는 것 같지는 않았다. 나나는 불신이 사라진 세계를 상상해 봤다. 모두가 모두를 처음부터 끝까지 다 믿는 세계. 어떻게 그런 세계가 가능할까? 나나에겐 거짓말도, 불신도 없는 세상이 디스 바이러스에 뒤덮인 세상보다 더 비현실적으로 여겨졌다. 그럴 만도 했다. 사람이 의심에 빠지긴 쉬워도 믿음을 갖기란 어려운 법이다. 불신 바이러스에 감염되지 않았더라도 그건 그랬다.

나나는 지오와 함께 말없이 걸음을 옮겼다. 바이러스에 감염되기 전에도 자기 안에 불신이 많았다는 생각이 문득 들었다. 다른 사람의 선의를 의심했고, 자기 자신을 완전히 믿지 못했다. 나나뿐 아니라 나나의 부모나 세상 사람들도 크게 다르지 않았다. 나나는 생각했다. 어쩌면 디스 바이러스는 세상 사람들이 키운 것이 아닐까? 사람들 가슴속에 있던 그것이 밖으로 나와 다시 사람들 속으로 들어간 건 아닐까?

나나가 미간을 좁히며 지오에게 다시 물었다.

"그 많은 사람들이 전부 진실만 말한다고?"

"응."

"그걸 네가 어떻게 알아? 모든 사람을 만나 본 것도 아닐 텐데."

나나가 따지듯 물었다.

"모두를 만나 봤어. 늘 만나고 있고."

지오가 간단히 대답했다.

"진짜? 인구가 몇 명인데?"

"130명."

"전체 인구가 백삼십 명밖에 안 된다고?"

지오가 고개를 끄덕였다.

"그 말이 전부 거짓인 건 아니겠지……."

나나가 고개를 틀며 말꼬리를 흐렸다.

"넌 정말 불신 바이러스에 감염됐나 보네."

지오가 입꼬리를 살짝 올리며 말했다.

"그래, 맞아. 엄청 심각하게. 게다가 난 자신감도 제로가 됐어."

나나는 지오 앞에서 자기를 그대로 내보이면서도 부끄러움이 없었다. 자신의 약점을 감추거나 자기를 꾸며 낼 필요가 없었고, 그러고 싶은 마음도 들지 않았다. 처음 보는 소년 앞에서, 있는 그대로의 자신으로 존재할 수 있다는 것이 새삼 놀라웠다. 그리고 자신이 그동안 그 어떤 사람 앞에서도 이런 경험을 해 본 적이 없다는 사실을 깨달았다. 가상친구는 말할 것도 없고 과거의 친구나 부모와의 관계 속에서도, 나나는 언제나 본래의 자신이 아니었던 것 같았다. 그렇다면 그동안 기계가 말해 준 자기신뢰도라는 건 무엇을 의미하는 것일까.

"자신감이 제로가 됐다는 건 무슨 뜻이지?"

지오가 물었다.

"내 자기신뢰도가 0점 되었다고."

나나는 기계로 측정되는 자기신뢰 점수를 지오에게 이야기했다. 49번째 친구를 만난 뒤 점수가 계속 내려가 0점을 받고, 결국 0처럼 생긴 라홀을 통해 이곳에 오게 된 일까지……. 이야기를 들은 지오가 크게 웃었다.

"넌 정말 재밌는 애구나."

나나가 어깨를 으쓱했다. 뭐가 재밌다는 건지는 모르겠지만 기분이 나쁘지는 않았다. 나나는 어느새 소년과 아주 가까운 거리에 있었다. 조금만 팔을 움직여도 닿을 만한, '곁'이라 할 수 있는 곳에. 나나는 그것이 좋았지만 지오가 자신을 불편해할까 봐 조심스러웠다. 그래도 이제는 '거리 두기'를 하지 않기로 했다.

"넌 두렵지 않아? 나한테서 바이러스가 옮겨질까 봐."

나나가 지오의 옆얼굴을 보며 물었다.

"네가 날 믿지 못하면 나도 바이러스에 감염된다고 했지?"

지오의 말에 나나가 고개를 끄덕였다.

"그런데 넌 날 믿지 않을 수가 없어."

지오가 또박또박 말했다. 나나는 입술을 내밀며 어깨를 으쓱했다.

"그걸 어떻게 장담하지? 내가 널 불신하면 바로 감염인데."

"이곳 믿음의 세계엔 불신이 없다고 했잖아."

지오가 당연하다는 듯 말했다. 나나는 고개를 흔들었다.

"네 말대로 이 세계에 불신이 없다 해도, 내가 지금 널 믿지 않으면 불신이 생겨나는 거잖아."

나나가 따지듯 말했다.

"그러지 못할 거야. 그리고 더 정확히 말하면, 불신이란 건 이곳뿐 아니라 그 어디에도 없는 거야."

지오가 나나의 눈을 똑바로 바라봤다.

"자꾸 무슨 소리야? 내가 불신으로 뒤덮인 세계에서 왔다니까."

나나가 정색을 지으며 볼멘소리를 냈다.

"불신이란 믿음이 없는 상태가 아니라, 다른 데에 믿음을 주는 걸 뜻해. 믿음 받을 것이 아닌 딴 것에."

순간 나나는 움찔했다. 지오의 말에 정곡을 찔린 듯했다. 그랬다. 불신의 병에 걸린 자신은 그동안 믿음을 잃어버린 것이 아니었다. 그것을 다른 곳에 두고 있었던 것이었다. 잘못된 것에 믿음을 주고 그것을 상실했다고 믿은 채 믿음을 찾아 헤맸던 것이었다. 디스 바이러스에 감염된 세계란 건 그렇게 만들어진 모래성이었다. 모두가 인간 아닌 기계를 '믿고' 있는 '불신'의 세계……. 그 거대한 '믿음'이 불신의 세상을 지배하고 있었다. 놀라운 진실이었다. 나나는 충격으로 한동안 말을 잇지 못했다.

두 사람은 말을 멈추고 조용히 걸음을 옮겼다. 둘 사이에 침묵의 거리가 생겼지만 나나는 지오와 훨씬 더 가까워진 느낌이 들었다.

"그래, 맞아. 불신의 세계조차 믿음으로 만들어진 거였어."

나나가 한참 만에 말했다. 그 세계에서 벗어나니 그곳의 진짜 모습이 눈에 들어왔다. 나나는 자신이 깨달은 사실을 사람들에게 알려 주고 싶었다. 그리고 언젠가 그렇게 될 거라는 생각도 들었다.

지오는 더 이상 입을 열지 않았다. 자신의 말이 나나의 마음에 스며드는 것을 느꼈기 때문이다.

"근데 이상하다."

잠자코 걷던 나나가 불쑥 말했다.

"뭐가?"

"네가 가상친구가 아니라면 나랑 왜 이렇게 닮은 거지?"

나나가 멈춰 서며 물었다. 지오도 걸음을 멈췄다. 잠시 후, 지오가 나나를 마주 보며 말했다.

"혹시…… 또 다른 나?"

# 8. 또 다른 나

"또 다른 나?"

나나와 지오가 마주 봤다.

"그게 뭔데?"

"짝."

나나가 묻고 지오가 답했다.

"남자 짝? 그건 가상친구 얘기였는데."

나나는 아까 자신이 지오를 아바타로 생각했던 게 떠올라 쓴웃음이 나왔다. 사람을 사람으로 보지 못할 정도로 자신이 비현실적인 삶을 살았던 것 같았다. 가상친구와의 관계가 전부인 세계에서 일 년이나 머물렀으니 그럴 만도 했지만.

"아까 네가 한 얘기 말고."

지오는 얘기를 꺼내려다 멈췄다.

"우리 여기 앉을까?"

둘은 언덕 아래 있는 나무 벤치에 앉았다. 곁에는 황금색 꽃들이 한가득 피어 있었다. 꽃잎이 신비로운 금빛으로 빛났다. 나나는 이곳에서 처음 눈을 떴을 때 세상을 가득 채우고 있던 황금빛이 떠올랐다. 꽃 색깔이 그 빛의 색과 비슷했다.

"이 꽃, 이름이 뭐야?"

나나가 물었다.

"황금꽃."

지오의 말에 나나가 웃었다.

"이름이 정말 쉽네. 황금빛 황금꽃."

"사람의 말을 알아듣는 꽃이야."

지오가 가만히 말했다.

"식물이 말을 알아듣는다고?"

나나가 꽃과 지오를 번갈아 보며 물었다. 나나의 눈빛을 읽은 지오가 말했다.

"믿지 못하겠어? 내가 보여 줄게."

지오가 벤치에서 일어나 황금꽃에 가까이 다가갔다.

"새 친구가 왔는데, 인사해."

그러자 놀라운 일이 일어났다. 수백 송이 황금꽃에서 일제히 꽃가루가 피어올랐다. 황금색 가루들이 햇빛을 받아 찬란하게 빛났다. 동시에, 신비롭고 그윽한 향기가 공중에 번졌다. 나나는 입을 다물지 못했다.

"와……."

"아름답지?"

지오가 미소를 지으며 말했다.

"말할 수 없이. 이런 꽃은 처음 봐."

나나는 꽃과 꽃가루에서 눈을 뗄 수가 없었다. 정말 이곳은 가상현실 같은 곳이라고 나나는 생각했다.

"이건 믿음의 세계에서만 피는 꽃이야."

"그걸 어떻게 알아? 넌 다른 세계에도 가 봤어?"

"응, 2년 전에."

"그래? 어떻게?"

나나는 점점 지오의 말에 빠져들었다.

"라홀이 열렸거든."

나나는 라홀을 통과하는 희귀한 일을 두 사람이 똑같이 겪은 것은 우연이 아니라고 생각했다.

"라홀…… 거기서도 황금색 빛줄기를 보았던 기억이 나."

나나가 말했다. 짧은 순간이었지만 이곳에 오기 전 일이 눈앞에 그려지듯 생생히 떠올랐다.

"그 빛은 네가 가야 할 방향을 알려주는 거야. 황금빛 세계에 너의 길이 있다는 것……."

지오가 말했다.

"난 그게 홀로그램 이미지인 줄 알았어. 그래서 '5차원' 프로그램을 통해 가상세계에 들어온 줄 알았던 거야."

"그래서 날 아바타로 생각했구나."

둘이 함께 웃었다. 황금색 빛가루가 허공에 날렸다.

"그런데 라홀이 왜 내 방에 나타났을까?"

나나가 빛가루를 바라보며 물었다.

"다른 차원으로 이동해야 하는 이유가 있을 때 라홀이 열린다고 해. 다른 세계에서 뭔가 할 일이 있을 때."

지오가 말하며 나나를 바라보았다.

"할 일?"

갑자기 나나는 가슴이 뛰었다. 지오가 고개를 끄덕였다.

"그럼 내가 이곳에 온 이유가 있다는 거야?"

나나는 쿵쿵대는 자신의 가슴이 뭔가를 알고 있는 것 같았지만 그게 뭔지 알 수는 없었다.

"물론이지. 이유 없이 차원 이동을 하는 사람은 없어. 다른 세계가 그 사람을 불러야만 그곳에 갈 수 있어."

지오가 나나와 눈을 맞추며 말했다.

"이 세계가 나를 불렀다고?"

나나는 세계가 사람을 부른다는 말이 이상하게 들렸다. 지오가 고개를 끄덕였다.

"믿음의 세계가 나를 어떻게 알고?"

나나가 지오를 보며 물었다. 지오는 자신이 다른 세계에서 들었던 이야기를 나나에게 들려주고 싶었지만 아직 그 얘기를 할 때는 아닌 것 같았다. 다른 차원의 세계가 자신을 초대했다는 이야기를 처음 들었을 때 자신도 꽤 혼란스러웠기 때문이다. 그래서 나나가 새로운 세계에 좀 더 익숙해질 때까지 기다리기로 했다.

"믿음의 세계가 나를 왜?"

지오가 말이 없자 나나가 다시 물었다. 그러나 이번 질문은 지오에게 하는 것이라기보다는 스스로를 향한 것이었다. 믿음의 세계가 왜 불신의 존재를 불렀을까. 나나는 잘 이해가 되지 않았다. 믿어지지도 않았다. 자신은 1급 감염자였다. 일 년 동안 밖에 나가지도 못한 특별 격리자였다. 믿음의 세계와 가장 멀리 있는 존재가 자신이었다. 그런데 왜?

지오가 나나의 생각을 읽은 듯 가볍게 대답했다.

"뭔가 특별한 이유가 있지 않을까? 곧 알게 되겠지."

지오는 그 이유를 알고 있는 것처럼 담담하게 말했다. 나나는 그것이 궁금했지만 캐묻지는 않았다. 왠지 그 답은 스스로 찾아야 한다는 생각이 들었다. 이곳에 오기 전, 자기신뢰도가 갑작스럽게 뚝뚝 떨어져 제로가 되었던 것부터 이상했다. 아무것도 하지 않았는데, 감정 변화가 생기지도 않았고, 기계가 고장 난 것도 아닌데, 자기 신뢰 점수가 그렇게 곤두박질할 이유가 없었기 때문이다.

그런데 더 이상한 것은, 그때 그 모든 과정을 지켜보면서도 자신이 그 일에 크게 놀라지 않았다는 것이었다. 마치 자기 신뢰 점수가 0이 되기를 기다리고 있는 사람처럼 줄어드는 숫자를 구경하고 있지 않았던가. 그리고 마침내 그 숫자가 0이 되었을 때 0처럼 생긴 라홀이 눈앞에 나타난 것이다. 이 모든 일을 우연으로 치부할 수는 없었다. 믿음의 세계가 자신을 불렀다면, 이 모든 과정과 연관이 있을 것이다. 나나는 스스로 그 의미를 밝혀내리라 생각했다.

지오가 계속 이야기했다.

"라홀이 열릴 때 같은 공간에 있어도, 다른 세계에 갈 필요가 없는 사람 눈에는 라홀이 안 보여."

"그렇구나. 근데 그러면 돌아갈 때는 어떡해?"

"할 일이 끝나면 라홀이 다시 열린다고 하는데, 돌아갈 필요가 없으면 안 열리기도 한대."

"정말?"

나나는 라홀이 영영 열리지 않아 집에 돌아가지 못할까 봐 겁이 났다. 방 안에 갇힌 신세라도 본래 자리로 돌아가야 하는 것 같았다.

"왜? 걱정돼?"

나나가 고개를 끄덕였다.

"그건 나중 일이니까 지금은 그런 생각 하지 마. 일단 네가 이 세계에서 무엇을 해야 하는지부터 알아보자."

지오가 나나를 보며 차분히 말했다. 나나는 그런 지오가 믿음직스럽게 느껴졌다. 그리고 자기에게 이런 마음이 솟아난 데 놀랐다. 믿음이란 건 '5차원' 따위를 통해 생겨나는 것이 아니라 이미 자기 안에 존재해 있는 것 같았다. 마음속 깊은 어둠에 묻혀 있는 믿음이란 보석을 캐내야 했다. 나나는 속으로 물었다. 그것을 캐내는 힘은 무엇일까.

"사랑……."

지오가 묻지도 않은 말에 대답을 했다. 나나는 놀라 지오를 바라봤다.

"사랑의 세계에 다녀왔어. 2년 전에."

다시 지오가 말했다.

"아……."

나나가 고개를 끄덕였다. 그리고 다시 물었다.

"사랑의 세계? 그곳은 사랑으로 만들어진 세계야?"

믿음의 세계가 믿음으로 이루어진 곳이라면 사랑의 세계는 사랑으로 이루어진 곳이어야 할 것이다.

"맞아. 거긴 모든 것이 사랑으로 구성돼 있어. 그래서 존재도, 세계도 모두 빛이야. 정말 아름답지."

지오가 사랑의 세계를 떠올리며 말했다.

"여기도 아름다워. 황금빛 믿음의 세계."

나나가 금빛 공간을 손으로 휘저었다. 지오 얼굴에 미소가 번졌다.

"근데 아까 딱 이야기하다 말았잖아."

나나가 다시 말했다.

"아, 또 다른 나."

"그래, 그거."

지오가 잠시 숨을 골랐다. 그리고 이야기를 시작했다.

"하나의 영혼이 둘로 갈라져 두 사람이 된 얘기 알아?"

나나는 지오의 말에 자신이 읽었던 비슷한 이야기가 떠올랐다.

"예전에 '두 송이 꽃'에 대한 작품을 본 적이 있어."

나나는 두 송이 꽃 이야기를 지오에게 들려주었다. 한 뿌리,

한 줄기에서 갈라져 나온 두 송이 꽃이 있는데, 모양은 같지만 그 색깔이 반대다. 두 꽃의 봉오리가 열릴 때 서로를 처음 보게 되는데, 상대의 빛깔에 이끌려 서로 사랑하게 된다.

"아름답지?"

"응. 짝을 꽃에 비유한 거네."

지오가 말했다.

"이런 걸 '운명의 짝'이라고 하나? 미리 정해져 있는 상대."

나나는 얼마 전에 봤던 운명의 짝이 나오는 만화를 떠올렸다.

"응. '또 다른 나'라고도 하고."

"영혼이 하나니까 상대방이 '또 다른 나'가 되는 거지?"

나나가 지오를 보며 물었다.

"응. 근데 그 둘은 두 송이 꽃처럼 반대 색깔을 가지고 반대 세계에 살아."

"그래도 두 꽃의 뿌리는 하나잖아."

"맞아. 보이지 않는 차원에선 하나지."

지오와 나나가 한 번씩 말했다.

"그래서 반대로 보이지만 서로 닮은 거야."

"색깔은 반대지만 모양이 같은 꽃처럼."

소년과 소녀는 말없이 서로의 얼굴을 바라봤다.

'이 아이가 정말 또 다른 나라면…….'

나나와 지오의 얼굴에 미소가 번졌다.

나나는 자신의 '남자 버전'이 마음에 들었다. 자기 얼굴보다 더 멋진 것 같았다. 지오는 자신의 '여자 버전'이 예쁘다고 생각했다. 자기가 여자가 된다면 그 얼굴을 갖고 싶었다. 둘 사이에서 황금빛 꽃가루가 반짝거렸다.

"반대 세계……."

나나는 자기 입에서 흘러나온 말에 흠칫했다.

"넌 이곳과 반대되는 세계에서 왔지."

"그래. 믿음의 반대, 불신……."

나나의 몸에 가벼운 전율이 흘렀다.

"사랑의 반대말이 뭔지 알아?"

지오가 갑자기 다른 얘기를 꺼냈다.

"미움?"

지오는 고개를 저었다. 그리고 대답했다.

"두려움."

"아, 나도 들은 적 있어. 사랑 없는 마음에서 두려움이 생긴다고."

나나의 말에 지오가 고개를 끄덕였다. 그리고 다시 물었다.

"믿음의 세계는 무엇으로 만들어졌는지 알아?"

"글쎄……."

나나가 고개를 갸우뚱 기울였다.

"사랑."

지오가 말했다.

"이 세계가 사랑으로 만들어졌다고?"

"응. 내가 사랑의 세계에 다녀온 뒤에 이 세계가 만들어진 거야. 사랑의 빛으로……."

나나는 머리로 잘 이해되지 않는 말에 가슴이 환해졌다. 사랑으로 만들어진 믿음의 세계. 그곳에 자신이 와 있는 게 신기하기도 했다.

"그럼 불신의 세계는 무엇으로 만들어졌을까?"

나나는 스스로 묻고 답했다.

"두려움."

"그렇지, 사랑의 반대니까."

지오가 거들었다.

그랬다. 불신의 마음은 사람을 두려워하고 세상을 두려워했다. 또 사람들과 세상은 불신으로 병든 마음을 두려워했다. 그래서 나나는 두려움의 방에 홀로 갇혀 있어야 했다. 두려움도 사랑도 모르는 가짜 친구들과 함께. 디스 바이러스는 인간의 두려움이 낳은 건지도 몰랐다.

둘은 자리에서 일어나 천천히 걸었다. 한참 만에 지오가 입을 열었다.

"또 다른 나와의 만남은 두 세계의 만남이라 했어."

"믿음의 세계와 불신의 세계, 이렇게 정반대인 두 곳도 만날 수 있을까?"

나나의 물음에 지오가 웃으며 답했다.

"사랑이 반대되는 두 세계를 하나로 만든대."

나나는 책에서 본 그림이 떠올랐다. 두 송이 꽃이 하나로 합쳐진 것이었다. 두 꽃이 사랑하여 한 송이가 되었는데, 두 가지 색깔이 그러데이션으로 펼쳐져 꽃이 몇 배나 더 살아 있는 듯 생생하게 빛났다. 나나는 그 이미지가 마음에 들어 그림을 따라 그리기도 했었다. 하지만 하나가 된 두 세상의 모습은 머릿속에 잘 그려지지 않았다.

"두 공간이 합쳐진다는 건가?"

나나가 물었다.

"거기까진 나도 몰라."

"믿음과 불신, 둘의 만남, 그래서 내가 여기에……?"

"맞아. 믿음의 세계가 너를 부른 거야."

나나는 가슴이 찌릿했다. 바이러스에 감염됐을 때 통증을 느꼈던 그 자리였다. 하지만 아픈 게 아니라 오히려 짜릿한 느낌이었다.

지오가 다시 입을 열었다.

"어쩌면 내가 너를 불렀는지도 모르고."

"응?"

"또 다른 나를 만나려고."

지오의 말에 나나의 얼굴이 붉어졌다. 믿음의 세계를 만들었다는 그 감정이 나나의 가슴에서 피어나고 있었다. 나나의 '또 다른 나'에게서와 마찬가지로. 두 송이 꽃이 피어나듯이. 나나는 이것이 '진짜'임을 알았고 이런 진짜 감정은 처음이었다.

# 9. 진짜와 가짜

"믿지 마!"

나나가 외쳤다.

"믿을 거야."

지오가 말했다. 순간, 지오는 절벽 아래로 굴러떨어졌다.

"으아악!"

지오는 소리치며 눈을 번쩍 떴다.

'휴, 꿈이었구나.'

지오는 몸을 일으키며 손으로 이마의 땀을 닦았다. 손바닥에 땀이 가득 배어 있었다. 가슴도 아직 심하게 벌렁거렸다. 마음은 잠에서 깨어났지만 몸은 아직 현실감을 찾지 못하고 있었다. 너무 생생한 꿈이었다. 지오는 지금껏 이렇게 진짜 같은 꿈을 꿔 본 적이 없었다. 그리고 이렇게 무시무시한 꿈도.

꿈속에서 지오는 나나와 함께 길을 걷고 있었다. 드넓은 들판 위에 두 사람뿐이었다. 처음에 둘은 나란히 있었다. 그런데 어느 순간부터 함께 걷던 나나가 잰걸음으로 앞서 나가기 시작했다. 지오는 나나를 따라 빠르게 걸었지만 그럴수록 나나의 걸음은 더욱 빨라졌다. 금세 나나는 저만치 앞서 나갔고, 지오와의 거리는 더 멀어졌다. 지오는 나나를 따라잡기 힘들었다.

"나나!"

지오가 불렀지만 나나는 돌아보지 않았다. 그리고 계속 빠르게 나아갔다. 지오는 뛰기 시작했다. 그런데도 나나와의 거리가 좁혀지지 않았다. 나나는 뛰지 않았지만 뛰는 것만큼 빨랐다. 어떻게 그렇게 빠른 걸음으로 갈 수 있는지 몰랐다.

지오가 다시 외쳤다.

"같이 가!"

지오는 더 빨리 뛰었다. 숨이 턱까지 차올랐다. 조금씩 나나와 가까워지기 시작했다. 지오는 좀 더 힘을 내어 달렸다. 그 순간이었다.

"으악!"

지오는 기겁하며 멈춰 섰다. 몸이 휘청했다. 자신이 낭떠러지에 서 있었다. 바로 한 걸음만 내디디면 떨어질 자리였다. 지오는 한 걸음 뒤로 물러섰다. 그리고 나나를 바라봤다. 놀랍게도 나나는 저 앞에서 허공 위를 걸어가고 있었다. 발밑에 땅이 있는 것처럼 가볍고 자연스러운 몸놀림이었다.

"나나!"

지오가 힘껏 소리쳤다. 나나는 대답이 없었다.

"나나! 대답해!"

지오가 몇 번 더 외치자 그제야 나나가 뒤를 봤다. 그리고 입을 열었다.

"이리 와."

허공에서 나나가 지오를 향해 손짓했다. 나나와의 거리가 상당히 벌어져 있었지만 나나의 작은 목소리가 귓가에 속삭이듯 또렷이 들렸다. 지오는 이걸 이상하게 여기지도 않고 나나와 대화가 이루어진 자체에 마음이 쏠려 있었다.

"거길 어떻게 가?"

지오가 하얗게 질린 얼굴로 말했다. 나나가 씩 웃었다. 왠지 소름 끼치는 웃음이었다.

"나처럼."

나나가 또다시 속삭이듯 말했다.

"너처럼?"

"응, 나처럼."

지오는 그대로 얼어붙은 채, 허공에 뜬 나나를 바라보았다.

"그냥 땅이 있다고 믿어."

지오가 머뭇거리자 나나가 다시 말했다.

"어떻게……."

"그냥 믿고 걸어."

나나의 목소리가 조금 커졌다.

"……."

"믿고 걸어!"

나나가 크게 외쳤다. 그 목소리에 지오는 용기를 얻었다.

"믿어!"

나나가 또 소리쳤다. 지오가 허공 위로 한 발을 내밀었다. 그때였다.

"믿지 마!"

뒤에서 목소리가 들렸다. 나나였다.

"믿어!"

앞에서도 목소리가 들렸다. 나나였다.

"믿지 마!"

"믿어!"

"믿지 마!"

앞뒤의 나나가 계속 이야기했다.

"믿을 거야."

지오가 말하며 발을 내디뎠다.

"으아악……."

지오는 비명을 지르며 절벽 아래로 추락했다.

"히히히히히."

허공에서 웃음소리가 들렸다. 마녀의 웃음처럼 날카롭고 기분 나쁜 소리였다. 순간, 지오는 눈을 번쩍 떴다. 그렇게 잠에서 깨어나긴 했지만 꿈의 기운은 금방 사라지지 않았다.

너무 이상한 꿈이었다. 기분이 좋지 않았다. 지오는 찬물로 세수를 한 뒤 나나가 있는 방으로 갔다. 나나는 어제 지오네 집에서 잠을 잤다. 나나가 자기 집으로 돌아갈 때까지 지오네 집에서 머물기로 한 것이다.

지오는 나나에게 꿈 이야기를 했다.

"정말 무서운 꿈이네. 나도 섬뜩해지는데."

나나가 두 팔을 감싸며 말했다.

"정말 섬뜩했어. 꿈속의 모든 장면이 여전히 생생하게 떠올라."

지오가 낮은 목소리로 말했다. 꿈이 아니라 실제 경험을 머릿속에 떠올리는 느낌이었다. 그것이 지오를 더욱 불쾌하고 불안하게 했다. 나나에게도 지오의 마음이 느껴졌다. 평소 지오

모습과 다르게 평정심을 유지하지 못하고 있었다. 나나는 꿈 때문에 지오가 이렇게 감정 변화를 겪는 것이 이상하게 느껴졌다.

"네가 두 명이라는 게 마음에 걸려."

지오가 다시 말하며 나나를 바라봤다. 나나는 고개를 살짝 끄덕였다. 그리고 가만히 말했다.

"하나는 가짜고 하나는 진짜지."

나나는 가짜라 해도 그게 자기 모습을 하고 있었다는 게 왠지 찜찜했다.

"하나는 나를 죽이려 했고, 다른 하나는 나를 살리려 했고……."

지오가 중얼거리듯 덧붙였다. 나나는 지오를 죽이려 했던 건 자기가 아닐 거라고 생각했다. 꿈에서라도 자기는 그럴 수 없을 것이다.

지오가 다시 말했다.

"앞에 있는 너는 믿으라고 했고, 뒤에 있는 너는 믿지 말라고 했어. 둘 중에 난 믿음을 택했고."

"근데 그쪽을 선택해서 절벽으로 떨어졌잖아. 그게 정말 현실에서 일어난 일이라면, 그래도 넌 믿음을 택할 거야?"

나나가 진지한 얼굴로 물었다. 지오는 선뜻 대답을 할 수 없었다. 믿는 쪽을 택하면 죽게 되는데도 믿음을 선택할까? 그럴 수는 없을 것 같았다.

"근데 뒤에 있던 내 말은 왜 안 믿었어?"

나나가 눈을 빛내며 다시 물었다.

"응?"

"믿지 말라는 말도 믿었어야지."

지오는 말문이 막혔다. 그랬다. 믿으라는 말과 믿지 말라는 말, 둘 중 어느 쪽을 택하더라도 불신은 생기는 것이었다. 지오는 혼란스러웠다. 이상한 꿈 때문에 마음에 얼룩이 진 것 같았다.

방 안에 침묵이 고였다. 나나가 말을 돌렸다.

"나는 이제 나 자신을 믿게 된 것 같아."

"그래?"

"응. 나는 너를 만난 뒤로 마음의 병이 낫고 있어. 가슴도 더 이상 아프지 않고, 너와 함께 있는 것도 두렵지 않아."

"정말 잘됐다."

"하루 만에 이렇게 달라진 게 놀라워. 방 밖으로 나가니까 다른 세상, 다른 내가 있었어."

"믿음의 세계의 힘이야."

지오가 말했다.

“네 덕분이야.”

“내가 뭘.”

나나의 말에 지오가 웃었다.

바로 그때였다. 방 안 공중에 커다랗고 둥근 구멍이 생겨났다. 둘은 깜짝 놀라 벌떡 일어났다.

“뭐지?”

“라홀!”

지오와 나나가 동시에 소리쳤다.

“벌써 집에 갈 때가 된 거야?”

나나는 조금 의외라고 생각했다. 지오도 마찬가지였다. 둘은 숨을 죽이고 라홀을 바라봤다. 그런데 이상했다. 라홀이 열려 있지 않았다. 둥근 문에서 빛도 나지 않았다. 나나는 라홀에 가까이 다가갔다. 지오가 나나의 손을 잡았다.

“끌어들이는 느낌이 없는데.”

나나는 예전에 자기 몸을 강하게 끌어당기던 라홀의 에너지가 떠올랐다.

“라홀이 아닌가?”

“그럼 뭔데?”

“글쎄.”

나나와 지오는 엉거주춤 닫힌 구멍 앞에 서 있었다. 그 순간이었다. 구멍 한가운데가 빠르게 열렸다 닫혔다. 동시에 '휙'하고 바람 가르는 소리가 났다. 방 안에 차가운 기운이 번졌다.

"뭐야!"

지오가 소리쳤다. 분명 어떤 것이 라홀을 통해 이쪽으로 들어왔다. 그런데 그것이 눈에 보이지 않았다.

"아!"

나나가 짧게 외쳤다. 나나의 몸에 소름이 돋았다.

"왜 그래?

지오가 다급하게 물었다.

나나는 대답 대신 지오의 손을 꽉 잡았다. 그 순간, 섬뜩한 기운이 바람처럼 둘 사이를 가르며 지나갔다. 붙잡은 손을 통해 둘은 동시에 그것을 느꼈다. 지오는 깜짝 놀라 손을 뗐다. 하지만 나나는 크게 놀라지 않았다.

"너너!"

나나가 외쳤다.

"뭐라고?"

지오가 물었다.

"너너가 왔어. 라홀을 타고 그 세계에서 온 거야!"

"너너가 뭔데?"

"내 방에 살던 가상친구!"

그때 귀를 찢을 듯한 웃음소리가 들렸다.

"히히히히."

마녀 같은 웃음, 나나는 잊을 수 없었다. 너너와 싸웠을 때 들었던 그 소리였다. 지오도 기억이 났다. 꿈속에서 들었던 바로 그 웃음소리였다.

"내 꿈에 나왔었어!"

지오가 소리쳤다.

"너너가?"

"절벽에서 저런 웃음소리를 들었어. 너무 소름 끼쳐서 지금도 생생해."

나나와 지오는 서로를 바라봤다. 허공에서 웃음소리가 또 들렸다. 둘은 두 팔을 벌려 허공을 휘저었지만 아무것도 잡히지 않았다. 히히히, 하는 섬뜩한 소리만 이어졌다.

"너너! 정체를 드러내!"

나나가 소리쳤다. 바로 그때였다.

"헉!"

지오가 가슴을 움켜쥐고 방바닥에 쓰러졌다.

"왜 그래?"

나나가 놀라 물었다.

"나……."

지오는 말을 잇지 못했다. 방에서 웃음소리가 그쳤다.

“괜찮아?”

나나는 지오를 침대에 눕혔다. 그리고 가만히 손을 잡았다. 지오가 숨을 크게 쉬더니 말했다.

“심장이 뭔가에 찔린 것 같았어.”

“뭐?”

나나의 눈이 커졌다.

“가슴이 서늘해지는 느낌도 들었어?”

지오가 고개를 끄덕였다. 나나는 오싹 소름이 돋았다. 디스 바이러스 증세와 비슷했다.

‘왜 이런 일이?’

나나는 가만히 방 안을 둘러봤다. 더 이상 너너의 기운은 느껴지지 않았다. 나나는 자기 머릿속에 떠오른 생각에 섬뜩해졌다.

‘혹시 너너가 지오 가슴에……?’

나나는 지오를 바라봤다. 얼굴이 창백해져 있었다. 불신의 세계에서 온 너너가 지오에게 디스 바이러스를 심은 것 같았다. 아니, 너너 자체가 바이러스인지도 몰랐다. ‘눈에 보이지 않는 나쁜 기운’이 바로 바이러스였다.

“나, 감염된 거야?”

지오가 벙벙한 얼굴로 물었다.

"그런 것 같아……. 하지만 어떻게 그럴 수 있지?"

나나도 반쯤 넋이 나가 있었다. 무슨 일이 일어난 건지 갈피를 잡을 수가 없었다. 나나가 멍한 표정으로 계속 말했다.

"네가 그랬잖아. 믿음의 세계에선 불신 바이러스에 감염될 수 없다고. 불신은 이곳에서 살 수 없다고."

"나도 모르겠어. 그런 줄 알았는데……."

지오가 가슴을 쓸어내리며 중얼거렸다.

"어떻게 너한테 이런 일이……."

나나는 울먹이면서도 지오의 손을 놓지 않았다. 둘 사이 거리는 1미터도 안 되게 가까웠지만 나나는 두려움을 잊었다.

그때 나나의 머릿속이 번쩍했다.

"그게 기계의 마음이라 그런 것 같아."

나나가 눈가에 맺힌 눈물을 닦으며 말했다.

"그게 무슨 말이야?"

"너너 말이야. 그 인공지능이 마음을 갖게 됐거든. 그래서 몸이 없이도 떠돌 수 있게 된 건데……."

"기계가 어떻게 마음을 가져?"

지오가 물었다.

"인간이 마음을 주면 가질 수 있어."

“누가 줬는데?”

“내가.”

나나의 말에 방이 잠시 조용해졌다.

“하지만 그건 인공마음이야. 생명의 마음이 아니라 기계의 마음.”

나나가 말을 이었다.

“인공마음은 환경에 영향을 받지 않는다고 했어. 그래서 믿음의 세계에 불신 바이러스를 옮길 수 있었던 것 같아.”

나나는 목이 메었다. 모두 자기 잘못인 것 같았다. 자기 때문에 몹쓸 바이러스에 감염된 지오에게 너무 미안했다.

“나나야.”

지오가 조용히 입을 뗐다. 나나가 지오를 바라봤다. 지오의 얼굴이 아까보다 편안해 보였다.

“걱정하지 마.”

지오가 말했다.

“어떻게 걱정을 안 해?”

나나가 물었다.

“걱정할 것 없어.”

“왜?”

“인공마음이라며.”

나나가 고개를 끄덕였다.

"그건 진짜가 아니잖아."

"그래, 가상……."

순간, 나나의 눈이 빛났다.

"그러니까 그 힘도……."

"가짜라는 거지."

둘의 붙잡은 손에 힘이 들어갔다.

# 10. 사랑의 세계

마음이 좀 가라앉자 지오와 나나는 집에서 나와 들길을 걸었다. 한적한 길가에 황금꽃이 한가득 피어 있었다. 공중에 황금빛 꽃가루가 날렸다.

"가짜 마음엔 진정한 힘이 없어."

지오가 말했다.

"가짜에 힘이 없다면, 너너는 왜 강해 보이지?"

나나가 고개를 갸웃거렸다.

"잠시 그렇게 보이는 것뿐이야. 겉모습만 강한 거지, 속은 그렇지 않아."

나나는 지오의 말을 잘 이해할 수 없었다. 잠시 침묵이 흐른 뒤 지오가 덧붙였다.

"마음 학교에서 난 알게 되었어."

"마음 학교라니?"

지오는 믿음의 세계 사람들이 다니는 학교에 대해 이야기했다.

"이곳에선 모두가 마음 학교에 다녀. 아이부터 어른까지 모두 다."

"근데 너는 왜 학교에 안 가?"

나나가 물었다.

"난 졸업했어."

"열여섯 살에?"

"아니, 열다섯 살 때."

나나의 입가에 미소가 번졌다.

"열다섯에 학교를 졸업하면 참 좋겠네."

"마음 학교는 스스로 입학하고 졸업하는 학교야."

"졸업도 스스로 한다고?"

"응. 마음 학교를 졸업할 마음이 됐는지는 자기만 아는 거니까. 졸업해도 된다고 생각하면 스스로 나오는 거야."

나나는 기계가 말해 주던 자기신뢰도가 떠올랐다. 이제 보니 자기를 믿는 마음도 자신만 아는 것이었다. 나나는 이제야 그걸 스스로 알 것 같았다.

"그럼 졸업한 사람이 많아?"

나나가 금빛 꽃가루를 입으로 불며 말했다.

"응. 믿음의 세계 사람들 전부 다. 하지만 언제든 다시 학교에 들어올 수 있어."

"참 재미있는 학교네. 그런 학교는 누가 만든 거야?"

"내가."

지오가 나나를 보며 대답했다.

"네가 학교를 세웠다고?"

"응, 내가 학생이자 교장이었어."

"뭐, 교장?"

나나의 입에서 웃음이 터졌다.

"내가 2년 전에 사랑의 세계에 다녀왔다고 했잖아."

지오도 웃으며 말했다.

"라홀을 타고?"

지오가 고개를 끄덕였다.

"그 세계에 다녀온 뒤 마음 학교와 믿음의 세계가 만들어진 거야."

사랑의 세계는 믿음의 세계 위에 있는 세계였다. 그러나 그곳에 가기 전까지 지오는 그 세계의 존재를 알지 못했다. 나나가 믿음의 세계를 몰랐던 것처럼.

지오가 막 열네 살이 됐을 때였다. 당시 큰 슬픔과 고통에 빠져 있던 지오는 삶을 놓아 버릴 생각까지 하고 있었다. 어느 날 저물녘, 인적 없는 들길에서 라홀을 보았을 때 지오는 허기진 몸으로 울다 지쳐 정신이 희미해진 상태였다. 고개를 들어 보니 허공에 떠 있는 둥근 구멍이 신비로운 빛을 내고 있었다. 지오는 그 구멍이 다른 세상으로 가는 입구처럼 보였다. 그 문을 통과하면 잃어버린 동생과 엄마를 다시 만날 수 있을 것 같았다.

지오는 서슴없이 라홀에 몸을 던졌다. 라홀은 정말 다른 세계로 가는 통로였다. 그리고 지오가 도착한 그 세계가 지오를 완전히 바꾸어 놓았다.

지오에게는 오랫동안 마음에 품고 있던 사람이 있었다. 사랑이 아니라 증오 때문이었다. 그 증오의 대상은 지오의 쌍둥이 여동생을 폭행하고 살해한 사람이었다. 지오가 열세 살이었을 때 일어났던 그 일로 인해 지오의 삶은 완전히 달라졌다. 이 사건의 충격으로 지오의 어머니가 뒤이어 세상을 떠났고, 아버지가 없던 지오는 한순간에 고아가 되었다.

지오는 자신의 삶이 끝났다고 생각했다. 십삼 년 인생의 전부였던 동생과 어머니가 없는 세상에서 숨 쉬는 것조차 힘겨웠다. 지오는 범인에 대한 증오를 가슴에 품은 채 입을 다물었다. 사람들을 만나도, 해야 할 말이 있어도 말을 하지 않았다. 범인이 있는 세상에서 입을 여는 것이 치욕스러웠다. 입을 열어 밥을 먹는 것도 싫어졌다. 어느 순간부터는 숨 쉬는 것도 괴로워졌다. 지오는 자신이 이 세상에서 사라지거나 이 세상이 통째로 사라지기를 바랐다. 그렇게 죽음 같은 나날이 이어지던 때, 라홀이 열렸다.

몸이 라홀의 긴 통로를 빠져나가는 동안, 지오는 잠시 정신을 잃었다. 그리고 정신을 차리고 보니 자신이 빛으로 변해 있음을 알았다. 몸의 형체가 있긴 했지만 뼈와 살로 구성된 육체가 아닌 빛의 몸이 되어 있었다. 몸만이 아니었다. 공간도 모두 빛이었다. 세계 전체가 은은한 빛으로 출렁이고 있었다.

비현실적인 상황임에도 불구하고 지오는 놀람이나 충격이 아닌, 깊은 사랑과 평화의 느낌 안에 있었다. 살아 있는 빛의 따스함과 고요한 안도감 속에서 지오는 자기 몸을 움직여 보았다. 팔을 위로 들자 팔과 함께 세계가 움직였다. 머리를 흔들자 이마 위로 세계의 빛이 부서져 내렸다. 지오의 입가에 웃음이 번졌다. 슬픔과 고통으로 웅크려 있던 이전의 자신은 간데없었다. 지오는 꿈인지 현실인지 모를 이 상황을 따져 볼 생각도 않고 그저 빛에 취해 있었다.

그런데 이상한 건, 몸이 이전보다 훨씬 작다는 것이었다. 빛으로 이루어진 몸은 이전 육체의 오분의 일도 안 되는 크기였다. 지오는 자신이 아기가 된 것 같다고 생각했다. 작은 몸에 의구심을 품자 놀랍게도 몸이 더 작아지면서 빛이 날아가는 느낌이 들었다. 빛의 세기도 약해진 듯했다.

"왜 이러지?"

지오는 당황했다.

그때, 또 다른 빛의 몸들이 지오 앞에 나타났다. 여자와 남자였다. 그들은 신화 속 거인처럼 아주 커다란 몸을 가지고 있었다. 그리고 지오의 몸보다 훨씬 강하고 밝은 빛을 내고 있었다.

"안녕하세요. 반갑습니다."

여자가 지오에게 말했다.

"네, 안녕하세요. 근데 누구시죠?"

지오가 둘을 바라보며 물었다.

"우리는 이 세계의 지휘자들입니다. 이쪽은 리사, 저는 카이."

여자 곁에 있던 남자가 말했다.

"지휘자요? 음악 말씀이신가요?"

지오가 다시 물었다.

"아니요, 우리는 사랑의 세계를 지휘하는 사람들입니다. 쉽게 말하면, 이 세상의 리더지요."

리사가 웃으며 말했다.

"사랑의 세계요?"

"네, 이곳은 사랑으로 이루어진 세계입니다. 이곳의 모든 존재와 세계 전체가 사랑으로 빚어져 있죠. 지오 군은 사랑의 세계에 초대된 손님이고요."

리사가 다시 말했다.

"저를 아세요?"

"그럼요. 저희가 지오 군을 이리로 부른 거예요."

지오는 어리둥절했다. 카이가 덧붙였다.

"정확히 말하면, 지오 군이 자신을 불러 달라고 요청한 것이죠."

"제가요? 아닌데요. 전 사랑의 세계가 있는지도 몰랐거든요."

지오가 어깨를 으쓱하며 대꾸했다.

"지오 군은 사랑 없는 세계에서 날마다 울고 있지 않았나요?"

"아, 네."

지오는 이제야 그들이 무슨 얘기를 하는지 조금 알 것 같았다. 사랑의 세계에 오기 전 자신의 모습이 떠올랐다. 사랑하는 사람들과 함께 마음속에서 사랑을 완전히 잃어버리고, 증오와 슬픔에 가득 차 고통의 나날을 보냈던 소년. 그 모습이 눈앞에 생생하게 그려졌고, 지오는 타인을 보듯 자신을 바라볼 수 있었다. 사랑을 잃은 존재의 모습은 꼭 시든 꽃처럼 보였다.

리사가 다시 말했다.

"지오 군의 간절한 마음의 소리가 이곳에 닿았고, 그래서 우리가 지오 군을 사랑의 세계로 초대한 거예요."

지오는 가만히 고개를 끄덕였다. 지오의 몸이 조금 커지고 빛도 밝아졌다. 지오는 아까부터 궁금했던 것을 물었다.

"그런데 왜 몸이 빛으로 만들어진 거죠? 그리고 제 몸이 커졌다 작아졌다 하는 이유는 또 뭐죠?"

"순수한 사랑으로 빚어진 세계여서 그래요. 사랑이 곧 빛이거든요. 몸의 크기가 변하는 건 자신의 마음 상태 때문이고요."

카이가 미소를 지으며 대답했다.

"마음 상태 때문이라니요?"

"이곳에서는 사랑하는 만큼만 존재하게 됩니다. 마음속 사랑이 줄어들면 존재하는 정도도 줄어들죠. 그래서 몸이 작아지게 되는 거예요. 반대로, 사랑이 커지면 몸도 커지는 것이고요."

"아, 네."

지오는 마음에 따라 몸이 변한다는 것이 기이하게 여겨지면서도 묘한 전율을 느꼈다. 사랑하는 만큼만 존재한다는 사실이 신비롭고도 아름답게 느껴졌다. 그리고 그 말은 옳았다. 지난 시절 자신은 마음에 사랑이 없어 존재하기가 그토록 힘들었으니까.

"그럼 두 분은 엄청나게 큰 사랑을 지닌 분들이시군요."

지오가 카이와 리사를 보며 말했다.

"그래요. 우리는 이곳에서 가장 큰 몸을 지녔어요. 그리고 나날이 계속해서 커지고 있답니다."

리사가 말하자 몸에서 찬란한 빛이 났다.

"나날이 더더욱 사랑하게 되니까요."

카이가 리사를 바라보며 말했다. 두 사람이 어떤 관계인지 밝히지 않았지만 지오는 아까부터 알고 있었다. 누가 봐도 둘은 '하나'였다.

"저는 사랑이 부족해서 이렇게 작은 거네요."

지오가 자기 몸을 보며 말했다.

"네, 맞아요. 지오 군은 이곳에서 아직 어린아이와 같아요. 마음에 사랑이 차오르면 점점 자라날 거예요. 아이에서 어른으로……."

"성장하는 거네요."

"맞아요. 사랑으로 성장하는 거죠."

"정말 신기해요."

지오가 자기 몸을 바라보며 웃었다. 그러자 몸의 빛이 더욱 밝아졌다. 카이와 리사도 함께 웃었다. 그러자 세 몸에서 환한 빛가루가 퍼졌다. 몸과 함께 공간이 빛으로 더욱 환해졌다.

"지오 군에게 보여 줄 게 있어요."

그들은 지오를 어딘가로 데리고 갔다. 도착한 곳에는 커다란 구체가 있었다. 지오 몸의 수십 배쯤 돼 보이는 은색 구체였다.

"가까이 와서 안을 들여다보세요."

리사가 손짓하며 말했다. 지오는 다가가 구체 안쪽을 바라봤다. 그곳에는 벌집 모양의 기이한 구조물이 있었는데, 그 벌집의 칸칸마다 뭔가가 빼곡히 채워져 있었다.

"이게 뭐죠?"

지오가 물었다.

"하이브라고 해요."

리사가 말하며 구체를 터치했다. 그러자 하이브가 확대되어 벌집 내부 모습이 구체 위에 크게 떠올랐다.

"아!"

지오가 놀라 소리쳤다. 벌집의 칸마다 하나의 '세계'가 있었다. 하늘과 땅이 있고 사람들과 집들이 있었다. 남자와 여자가 걸어 다니고 자동차가 달리고 새가 날아다녔다. 각각의 세계들은 모두 제각각의 색깔과 밝기와 분위기를 지니고 있었다. 파스텔 톤의 목가적 분위기를 지닌 세계가 있는 반면, 먹구름이 낀 듯 우중충한 세계도 있었다. 그런데 하나같이 모든 세계가 실제 현실처럼 정교하고 생생했다.

"모형이 정말 살아 있는 것 같아요."

지오가 하이브에서 눈을 떼지 않은 채 말했다.

"모형이 아니에요."

카이가 말했다.

"그럼요?"

"이건 진짜 현실 세계랍니다. 세계들의 축소판을 이곳에서 보고 있는 거예요."

리사가 대답했다.

"우주에는 이렇게 수많은 세계들이 서로 간섭하지 않은 채 인접해 존재합니다. 거대한 한 덩이 벌집처럼 말이죠. 그런데 가끔 세계와 세계를 잇는 통로가 열릴 때가 있죠."

카이가 말했다.

"라홀 말씀이시죠?"

지오가 다시 물었다.

"네, 맞아요. 라홀이 열리는 이유는 두 세계가 긴밀히 연결될 필요가 있는 경우예요. 이때, 호스트 세계는 게스트 세계를 대표하는 인물을 불러 특정 임무를 수행하게 합니다."

"저도 그렇게 이곳에……."

카이가 고개를 끄덕였다. 지오는 자신이 한 세계의 대표라고 생각하니 부끄러우면서도 가슴이 벅차올랐다. 그리고 학급 대표조차 돼 본 적 없는 자신이 어떻게 한 '세계'의 대표가 되었는지 궁금했다.

"많은 사람들 중에 왜 제가 '세계의 대표'가 된 거죠?"

"지오 군 마음이 가장 크고 넓기 때문이에요. 맑고 깨끗하다는 뜻이기도 하고요. 호스트 세계는 그러한 '대표' 존재를 알아보고 그에게 중요한 임무를 맡깁니다."

리사가 차분한 어조로 말했다.

지오는 증오로 얼룩졌던 과거 자신의 모습이 떠올라 낯이 뜨거워졌다. 그러나 그렇게 오염되고 소심한 마음이 자신의 본래 모습이 아님을 또한 알고 있었다. 사랑의 세계에서 정신과 육체가 하나 된 빛의 몸으로 존재하다 보니 그것을 깨달았다. 지오는 진짜 자기 모습과 그렇지 않은 것을 구별하는 것이 중요하다는 걸 알게 되었다. 괴로움에 빠져 있을 때, 그것이 자기 모습이라 믿으면 더 큰 괴로움에 빠지기 때문이다. 고통과 슬픔 속에서 허우적댔던 지난날의 경험을 통해 이를 몸소 체험했다. 어두운 마음의 흐름은 그저 떠내려가는 것일 뿐, 자신의 진짜 모습이 아니라는 것을 말이다.

"여기 A-0 지점이 바로 이곳 사랑의 세계예요."

카이가 하이브의 중심부에 있는 칸을 가리키며 말했다. 하트 형태의 사랑의 세계는 하이브의 심장처럼 중심에서 눈부신 금빛을 발하고 있었다. 그리고 그 빛줄기가 핏줄처럼 온 세계로 퍼져 나가고 있었다. 하이브는 그렇게 사랑의 빛으로 연결된 한 덩이 우주였다.

카이가 말을 이었다.

"사랑의 세계에서 방출되는 사랑 에너지가 하이브의 모든 세계로 들어가 온 생명을 살리는 것입니다."

"사랑의 세계는 모든 세계의 어머니와 같지요."

리사가 덧붙였다.

지오는 세계의 중심에서 뿜어 나오는 황금색 빛줄기에서 눈을 떼지 못했다. 말로 표현할 수 없이 아름답고 장엄한 광경이었다. 그리고 자신이 지금 그 중심에서 빛의 일부가 되어 온 세계로 뻗어 나가고 있다고 생각하니 다시 가슴이 뜨거워졌다.

"사랑의 세계 바로 밑에 있는 것이 바로 지오 군이 살던 세계랍니다. 지오 군은 세계와 세계 사이에 열리는 라홀을 통해 이쪽 상위 세계로 오게 된 거죠."

리사의 말에 지오는 자신의 세계에 시선을 던졌다.

"여긴 밤인가요? 왜 이렇게 어둡죠?"

지오가 그 세계에서 눈을 떼지 않은 채 물었다.

"밤은 없어요. 하이브 속 세계는 시간성과 무관합니다. 그 세계의 성격에 따라 밝기가 다르게 나타나는 것이죠."

리사가 대답하자 카이가 덧붙였다.

"건강하고 진실한 세계는 빛으로 차오르는 듯 밝게 빛납니다. 바로 이곳, 사랑의 세계가 그 정점에 있는 것이고요. 반면, 병들고 거짓된 세계는 어둠에 잠겨 있는 듯 탁하고 우중충하죠."

카이가 말했다.

"그럼 이렇게 어둡다는 건……."

지오는 말을 잇지 못했다. 가슴이 아리고 목이 메어 왔다. 가장 밝은 사랑의 세계와 접해 있는 자신의 세계는 하이브 속 세계들 중 가장 어두웠다. 세계의 내부가 잘 보이지 않을 정도로 짙은 암흑에 덮여 있었다.

지오는 그 '어둠의 세계'를 응시했다. 마치 그 속에서 자기 자신을 찾으려는 듯이. 그러나 세계 속의 형체가 잘 보이지 않았다. 모든 것이 어둠에 뭉개져 있는 듯했다. 그럼에도 지오는 그 세계를 뚫어져라 바라봤다. 자신의 빛으로 세계의 어둠을 녹이려는 듯이.

그때였다. 어둠의 세계가 하이브 안에서 소용돌이치더니, 한 줄기 검은 연기가 되어 하이브 밖으로 빠져나왔다. 그리고 그 연기는 순식간에 지오의 몸속으로 빨려 들어갔다. 지오의 몸이 용처럼 길게 늘어났다.

"으아악!"

지오는 소리치며 정신을 잃었다.

# 11. 세계를 품은 소년

지오가 눈을 떴을 때, 그의 시야에 들어온 건 온통 빛이었다. 그 공간 안에서도 유독 밝게 빛나는 두 존재가 지오 앞에 있었다. 카이와 리사였다. 왜 그런지 그들 몸에서 나오는 빛이 아까보다 훨씬 강하게 느껴졌다.

"좀 괜찮아요?"

리사가 지오에게 물었다. 지오가 고개를 끄덕였다.

"시간이 얼마나 지난 거죠?"

지오는 까마득한 세월을 건너온 듯한 느낌이 들었다. 실제로 그랬다.

잠을 자는 동안 지오는 여러 시대, 여러 나라를 거쳤고, 여러 존재로 변신했다. 동물에서 인간으로, 남자에서 여자로, 작은 인간에서 큰 인간으로, 큰 인간에서 다시 작은 인간으로 변신에 변신을 거듭했다. 그 변화와 함께 지오의 마음은 계속해서 커졌고, 자신이 겪어 온 모든 존재들을 품은 거대한 우주가 되었다. 그 우주 안에는 하늘과 땅이 있고 바다와 산이 있고 무수한 생명체가 있었다. 그리고 그 모든 생명체 안에 지오가 담겨 있었다. 지오는 온 우주의 온 생명이 되어 끝없는 창조의 유희 속에서 무한한 기쁨을 누렸다. 그러나 잠에서 깨기 전 그 모든 경험을 잊고 하나의 정체성을 가진 인간으로 돌아왔다.

"지오 군은 열흘 동안 잠들어 있었어요."

카이가 부드러운 목소리로 말했다.

"열흘이나요? 저한테 무슨 일이 있었던 건가요?"

지오는 놀랐다. 사람이 이렇게 오랫동안 잠을 잔다는 얘기는 들어 본 적이 없었다. 사랑의 세계에선 원래 그렇게 잠을 많이 자느냐고 물었지만 카이는 웃으며 고개를 저었다. 오히려 사랑의 세계 존재들은 수면 시간이 짧다는 것이었다. 빛으로 구성된 몸에는 수면을 통한 휴식이 거의 필요하지 않아 일주일에 한두 시간쯤 쉴 뿐이라 했다. 그 얘기에 지오는 다시금 놀랐다.

"그럼 저는 왜 이런 거죠? 이방인이라서 그런 건가요?"

지오의 물음에 리사는 대답 대신 반문을 했다.

"쓰러진 기억은 나요?"

지오는 잠시 생각에 잠겼다. 그리고 천천히 고개를 끄덕였다. 지오의 머릿속에 남아 있는 마지막 기억은 어떤 거대한 에너지에 밀려 뒤로 넘어진 것이었다. 너무 순식간에 일어난 일이라 피할 틈도 없었다. 그 뒤로는 무슨 일이 있었는지 아무것도 생각나지 않았다.

"그 전 기억은요?"

리사가 다시 물었다.

"그 벌집, 아니 제가 살던 세계를 바라보다가⋯⋯ 어떻게 됐죠?"

"그 세계가 지오 군 몸속으로 들어갔어요."

카이가 대답했다.

"네? 그게 무슨⋯⋯."

지오가 얼떨떨해 물었다.

"전에 했던 말 기억나요? 세계의 대표 이야기⋯⋯."

카이의 말에 지오가 머리를 끄덕였다.

"한 세계의 대표는 자신의 세계를 자기 안에 품게 됩니다."

"세계를 품을 만큼 큰 존재가 그 세계의 대표이기도 하고요."

카이와 리사가 연이어 말했다. 지오는 고개를 흔들었다.

"저는 작은 사람인데요. 아직 어린애같이……."

"다시 보세요."

리사가 웃으며 말했다.

"아……."

지오는 놀라 입을 다물지 못했다. 아이처럼 작았던 자기 몸이 거인처럼 커져 있었다. 거의 리사와 카이만큼 컸다. 몸에서 나오는 빛도 엄청나게 강해졌다. 지오는 조금 전 눈을 떴을 때, 두 사람의 것이라고 느꼈던 빛이 실은 자기 몸에서 나온 것이었음을 깨달았다. 빛이 너무 강해서 몸이 커진 줄도 모르고 있었던 것이다.

"제가 왜 이렇게 된 거죠?"

지오가 둘을 보며 물었다. 리사가 입을 열었다.

"지오 군이 살던 세계의 거대한 어둠이 지오 군 몸속으로 들어가 작은 몸을 확장시킨 것입니다. 그 일이 갑작스럽게 일어나 지오 군이 정신을 잃고 쓰러지긴 했지만, 그 과정에서 지오 군이 본래 모습을 되찾게 된 거예요."

알 듯 말 듯 한 이야기였다. 지오는 어리둥절한 채 두 사람을 바라봤다.

"열흘 동안 잠을 자면서, 지오 군 안에서 어둠이 빛으로 바뀌어 몸이 그렇게 커지고 밝아진 거예요. 지오 군은 원래 그렇게 크고 밝은 존재였으니까요."

카이가 덧붙여 말했다.

"제가요?"

"네. 한 세계의 대표는 마음이 가장 큰 사람이에요. 이제 그 본래 마음이 몸의 형태로 온전히 드러난 것이고요."

지오는 자기 몸을 바라봤다. 빛의 몸은 단순한 몸이 아니라 마음이기도 했다. 마음에 사랑이 차오른 만큼 커지는 몸이니까.

리사가 다시 말했다.

"가슴을 활짝 펴고 기지개를 켜 보세요."

지오는 리사의 말대로 했다. 그러자 지오 몸의 빛이 온 방향으로 퍼지면서 주변이 눈부시게 환해졌다.

"하하하하……."

리사와 카이가 지오를 바라보며 크게 웃었다. 그들의 웃음소리가 새로운 빛이 되어 공간으로 퍼져 나갔다. 지오의 얼굴도 환하게 펴졌다.

지오는 이제야 비로소 온전한 자신이 된 것 같았다. 증오로 얼룩지고 고통으로 오그라든 마음은 간데없고, 태양처럼 환한 빛이 거인이 된 자신을 가득 채우고 있었다. 그 빛의 본질은 사랑이었다. 온 우주로 뻗어 나가는 강력한 사랑의 빛이 안에서 밖으로 계속 발산되고 있었다. 그리고 밖으로 나간 그 빛이 다시 몸 안으로 들어와 지오를 더 환하게 밝혀 주고 있었다.

지오는 가만히 그 빛의 흐름을 음미했다. 자신이 그 어느 때보다도 강하게 살아 있음을 느꼈다. 그것이 지오를 한없이 즐겁게 했다. 지오는 생명의 기쁨으로 가득 차올랐다. 더 이상 괴로울 것도, 두려울 것도, 거리낄 것도 없었다. 자신은 빛이고 사랑이고 생명 그 자체였다. 그리고 그것이 전부였다.

"저는 마치 다시 태어난 것 같아요."

지오가 환희에 찬 목소리로 말했다.

"맞아요. 지오 군은 새로 태어난 것입니다. 이제야 진정으로 태어났다고 할 수도 있고요."

리사가 미소를 지으며 말했다.

"이제 지오 군의 세계도 다시 태어날 거예요."

카이도 웃으며 덧붙였다.

"네? 그게 무슨 말이죠?"

지오는 인간이 아니라 세계가 태어난다는 말이 좀 이상하게 들렸다. 세계는 이미 존재하는 것이고, 그 속에서 존재가 태어나는 것으로만 생각해 왔기 때문이다.

리사가 다시 입을 열었다.

"사람이나 동물만이 아니라 세계도 죽고 태어난답니다. 그 세계 안의 존재들은 세계가 죽어 가고 새로 태어나는 과정에 깊이 관여하면서도, 그것이 세계의 죽음과 탄생이라는 것을 대부분 모르고 있지요. 세상이 악에 물들고 바이러스에 뒤덮이고 생명이 병들고 파괴되는 것은 모두 세계가 죽어 가는 과정이에요."

지오는 사랑의 세계에 오기 전 자신이 겪었던 일들이 떠올랐다. 이유 없는 범죄에 의한 여동생의 사망, 그리고 그 충격으로 인한 어머니의 죽음, 그리고 고통과 슬픔에 짓이겨진 채 이어진 지옥의 나날들……. 그 추악한 어둠의 세상은 정말로 죽어 가고 있었다. 그 죽음이 지오까지 죽어 가게 했었다. 지오는 자신의 의지와 상관없이 그 죽음의 수렁에 빠져 익사하기 직전에 놓여 있었다. 라홀의 구멍이 아니었더라면 그대로 질식해 죽었을지도 몰랐다. 라홀이 열렸던 그 순간이 아직도 생생했다. 지오는 자포자기의 심정으로 '저쪽 세상'을 생각하며 구멍에 몸을 던진 것이었다. 그때 일을 생각하니 지오 몸의 빛이 약간 사그라졌다.

그때, 지오의 마음을 읽기라도 한 듯 카이가 말했다.

"세상이 너무 병들어서 지오 군에게 그런 아픔이 있었던 거지요. 있어서는 안 되는 일이 버젓이 일어나고 있는 그 세계는 이미 손쓸 수 없이 망가져 버렸어요. 앞으로 그런 일이 일어나지 않는 세상이 되려면 그 세계는 죽고 다시 태어나야 해요."

지오는 조용히 카이의 말을 마음에 새겼다. 자신이 겪었던 그 모든 고통과 슬픔이 세계의 죽음과 연관되어 있다는 사실이 놀라웠다.

이어서 리사도 입을 열었다.

"태어나려면 자궁 속으로 들어가야 하죠. 그래서 그 세계가 지오 군이라는 자궁을 선택한 것이에요."

지오는 고개를 갸웃했다. 자궁이란 말이 어색하게 들렸다.

"저는 남자인데요."

리사와 카이가 웃었다.

"성별은 상관없어요. 마음속으로 들어가는 거니까. 마음이라는 그릇을 자궁에 비유한 거예요."

지오는 가만히 고개를 끄덕였다. 처음 듣는 이야기들이 자기 안에 자연스럽게 스며드는 것이 신기했다. 마음이라는 자궁은 얼마나 크고 넓을 수 있을까. 그것은 우주라는 자궁과 같은 말일 것이다. 지오는 무수한 세계를 품고 낳는 무한한 자궁을 상상했다. 그러자 자기 몸이 우주만큼 커진 것 같았다. 그 우주에서 태어나고 있는 아기 우주들이 떠올랐다. 작았던 자기 몸처럼 우주도 처음엔 크기가 작았다. 우주도 사랑을 하는 만큼 몸집이 커진다는 걸 지오는 알게 되었다. 지오 얼굴에 미소가 번졌다.

"그럼 저는 이제 뭘 해야 하죠?"

지오가 둘을 보며 물었다.

"지오 군이 특별히 할 일은 없어요. 어둠의 세계는 이미 지오 군 몸속에서 빛의 세계로 바뀌었어요. 이제 지오 군은 그 세계를 품은 채 본래 자리로 돌아가면 돼요. 그러면 지오 군을 통해 새로운 세상이 펼쳐질 거예요."

카이가 말했다.

지오는 자신을 통해 세상이 펼쳐진다는 것이 무슨 뜻인지 이해가 되지 않았지만 그 의미를 묻지 않았다. 머리로는 이해가 되지 않아도 빛으로 차오른 몸은 이미 모든 걸 알고 있는 듯했다. 지오는 몸이 알고 있는 그것이 서서히 머리에 도달할 것임을 또한 느끼고 있었다.

"지오 군은 그냥 평소처럼 살아가면 돼요. 그러다 보면 뭔가 할 일이 떠오를 수 있어요. 그러면 그 일을 하세요. 즐겁고 편안하게……. 하지만 반드시 무슨 일을 해야 하는 건 아니에요. 그저 지오 군이 그 세계에 존재하는 것만으로도 세상이 점점 바뀌게 될 거예요."

리사가 말했다.

순간 지오는 자신에게 그런 힘이 있을까, 하는 의구심이 들었다. 하지만 그런 생각은 곧 사라지고 마음속에서 강한 에너지가 샘솟았다. 동시에 몸이 다시 빛을 발했다. 몸이 지오에게 직접 말하고 있었다.

'너에겐 네가 생각하는 것보다 훨씬 더 큰 힘이 있어.'

지오는 가슴에서 벅차오르는 에너지를 느끼며 잠시 가만히 있었다. 리사와 카이도 침묵을 지켰다.

잠시 후 지오가 다시 입을 열었다.

"제 몸처럼, 저의 세상도 빛의 세계로 변하는 건가요?"

"그건 아니에요. 빛의 세계는 오직 이곳, 사랑의 세계뿐입니다. 여기서만 오직 빛의 몸으로 존재할 수 있고요. 물질화된 그 세상의 모습은 겉보기엔 이전과 다르지 않을 거예요. 하지만 지오 군의 빛이 세상 속으로 스며들면서, 세계의 모든 것이 질적으로 변화했음을 알게 될 거예요."

카이가 또렷한 음성으로 이야기했다.

"모두가 그걸 알게 될까요?"

지오가 다시 물었다.

"네, 그렇습니다. 모를 수가 없지요. 하지만 미래의 일을 지금 모두 알려고 할 필요는 없어요. 때가 되면 꽃잎이 열리듯 모든 일이 자연스럽게 펼쳐질 테니까."

리사가 말했다.

지오는 입을 다물고 고개를 끄덕였다. 모든 것을 머리로 이해하려 할 필요가 없었다. 결과를 미리 예측하려 할 필요도 없었다. 리사의 말대로 모든 일이 저절로 펼쳐질 것임을 지오는 믿고 있었다.

"이곳의 빛과 에너지를 한껏 즐기고 누리세요. 사랑의 세계에 초대되는 건 일생일대의 경험이니까요."

"네."

그 후로 지오는 사랑의 세계에 열흘간 더 머물렀다. 세계와 하나 된 사랑의 존재가 되어 빛나는 사람들과 함께 지내는 동안 지오의 몸은 더더욱 커져 갔다. 어느 순간부터는 리사와 카이보다도 커졌다. 지오는 곧 사랑의 세계에서 가장 큰 빛의 존재가 되었다.

지오가 사랑의 세계에 온 지 21일째 되는 날, 지오 앞에 라홀이 열렸다. 리사와 카이, 그리고 또 다른 친구들이 지오 곁에 있었지만 그들 눈에는 라홀이 보이지 않았다. 지오는 21일 전 보았던 라홀과 같은 형태의 구멍을 보고 친구들에게 말했다.

"이제 떠나야 할 시간이네요."

리사와 카이는 말뜻을 금방 알아차렸다. 라홀이 곧 열리리란 걸 알고 있었기에 갑작스러운 이별은 아니었다. 지오는 리사와 카이의 배웅 속에서 라홀에 몸을 던졌다. 그리고 다시, 자신이 살던 세상으로 돌아왔다.

지오가 사랑의 세계를 떠난 지 1년쯤 지난 어느 날, 리사와 카이는 하이브에서 가장 빛나는 두 세계를 바라보았다. 사랑의 세계와 그 밑에 있는 세계였다. 인접한 두 세계로 인해 하이브 중심의 빛이 더 크고 밝아졌다. 리사와 카이는 언젠가 하이브 전체가 한 덩이 사랑의 우주가 되리라는 걸 알았다.

# 12. 사랑과 바이러스

"이 세계는 그렇게 만들어졌어."

황금꽃이 핀 들길을 걸으며 지오가 나나에게 말했다.

"한 사람으로 인해 세계가 바뀌었다는 것이 잘 믿기지 않아."

나나는 습관처럼 손이 머리카락으로 가려는 것을 멈췄다. 이제 머리카락 꼬는 버릇도 고칠 생각이었다. 마음속에서 의구심이 피어오를 때, 머리카락을 꼬게 되면 의심 반, 믿음 반이었던 마음이 의심 쪽으로 기울게 된다는 사실을 알게 되었다. 그동안 수천 번 머리를 꼬면서도 알지 못했던 사실을 갑자기 깨닫게 되었다.

나나는 지오와 함께 있으면 지오가 말해 주지 않은 것도 스스로 잘 깨치게 되었다. 나날이 마음이 커지고 성숙해지는 느낌도 들었다. 그 이유 또한 스스로 알아차렸다. 지오가 자신의 '또 다른 나'이기 때문이라는 것. 둘이 함께 있는 건 더 큰 나로 존재하는 일이라는 것. 그리고 그건 지오도 마찬가지였다.

"나도 처음엔 믿지 않았어."

"그래?"

나나는 지오한테도 믿음이 없었다는 사실이 새삼스럽게 여겨졌다.

"응. 정말 나를 통해선 아무것도 이뤄지지 않을 것 같았어. 사랑의 세계에서 벗어나자 갑자기 이전의 나로 되돌아온 것 같았거든."

지오는 그때의 충격을 아직도 생생히 기억하고 있었다. 라홀을 통과한 지오가 이쪽 세계의 땅을 밟자마자 모든 것이 수포로 돌아간 기분이 들었다. 빛으로 충만했던 거인의 몸은 간데없고 자신은 왜소한 십 대 소년이 되어 있었다. 사랑의 세계에 가기 전과 마찬가지로 자신은 보잘것없고 아무런 힘이 없어 보였다. 세상 또한 그랬다. 아름답고 눈부셨던 빛의 세계와 반대로 이 세계는 어둡고 스산하기만 했다. 이 둘의 격차가 지오의 마음을 양극으로 찢어 놓았다.

지오는 잃어버린 '빛'을 찾아 세상을 헤맸지만 어디서도 찾을 수가 없었다. 애초 그 빛은 이 세상의 것이 아니었으니 당연한 결과였다. 그럼에도 지오는 그 빛을 갈구했다. 그럴수록 지오의 마음은 타들어 갔다. 리사와 카이는 지오가 이런 문제에 부닥치게 되리란 건 몰랐을 것이다. 그들이 말했던 것처럼 일이 전혀 순조롭게 펼쳐지지 않았다. 순조롭기는커녕 오히려 지오는 아무에게도 말 못 할 괴로움에 빠져들었다.

시간이 흐르자 지오는 사랑의 세계에서 있었던 일들이 꿈이나 환각처럼 여겨지기 시작했다. 그리고 그런 생각은 지오의 마음을 한없이 위축되게 만들었다. 그 모든 게 가짜라면 자신에게 왜 그런 일이 일어난 것인가? 라홀은 왜 열렸고 사랑의 세계엔 왜 가게 된 것인가? 세계의 대표로서 자신이 할 일이 있다고 했던 리사와 카이의 말은 다 무엇인가? 그 모든 일이 그저 무의미한 해프닝일 뿐인가……? 지오는 이런 답 없는 의문들과 함께 깊은 허무감에 빠져들었다. 그의 마음은 십 대 소년이 아니라 노인에 가까웠다.

지오는 사라진 빛과 압도적인 어둠 사이에 갇혀 새로운 마음의 병을 앓아야 했다. 전처럼 증오와 슬픔에 빠진 건 아니었지만, 자신이 무엇을 믿고 살아야 할지 도무지 알 수가 없었다. 사랑의 세계에서 온전하게 회복됐던 자신의 크고 밝은 본모습을 믿어야 할까? 아니면 이 어두운 세계 속에서 작고 초라해진

현실적 모습을 믿어야 할까? 지오는 답을 내릴 수 없었다. 그의 머릿속 한가운데 이런 의문이 둥지를 틀었다.

'나는 나의 믿음을 어디에 둬야 할까?'

누구에게 물어볼 수도 없는 이런 혼자만의 질문이 그를 고독하게 했고 또 조숙하게 만들었다. 지오는 이를 분명히 해결하지 않고서는 앞으로의 삶을 살아갈 수 없을 것 같았다. 그건 자신이 진정 누구인가 하는 문제였다. 나는 크고 밝은 빛의 존재인가, 아니면 작고 왜소한 어둠의 존재인가.

지오는 이 문제를 풀기 위해 스스로 학교를 만들었다. 자기 자신을 위한 학교, 자신이 교사이자 학생인 '마음 학교'였다. 마음 학교에는 교실도 필요 없고 책상도 필요 없었다. 세상 모든 곳이 교실이고 모든 시간이 수업 시간이었다. 언제 어디서든 떠오를 때마다 스스로 가르치고 배우면 되었다. 지오는 산과 들을 거닐며 공부를 했다. 답을 찾기 위해 수없이 스스로에게 질문했다.

'내 믿음의 자리는 어디인가?'

그러던 어느 날, 지오의 머릿속이 번쩍하며 이런 말이 떠올랐다.

'내 믿음의 자리는 내가 정한다.'

갑자기 온몸에 힘이 솟았다. 사랑의 세계에서의 그 거인이

다시 살아난 것 같았다. 지오는 깨달았다. 믿음을 둘 곳이 본래부터 결정되어 있는 것이 아니었다. 스스로 자기 믿음의 자리를 정하면 되는 것이었다. 이렇게 단순한 것을 몰라 그토록 괴로워했다니. 답을 찾고 보니 어이가 없어 웃음이 나왔다.

지오는 자신의 믿음을 믿음 받아 마땅한 곳에 두기로 했다. 그리고 그 '마땅한 곳'은 바로 크고 밝은 본모습을 되찾은 자신이었다. 사랑의 세계에서 기쁨에 가득 찼던 거인이었다. 그 존재에게 믿음의 빛을 쪼이자 거대한 몸이 서서히 드러나기 시작했다. 그리고 지오의 마음속에 빛과 사랑의 에너지가 차오르기 시작했다. 지오는 그 과정을 반복하며 자신을 빚어내고 단련시켰다. 얼마 지나지 않아 어둡고 왜소한 과거의 모습이 지오에게서 사라졌다. 몸은 여전히 소년이었지만 그의 마음은 거인이었다. 지오는 이제 자기 자신을 온전히 믿을 수 있었다. 스스로를 믿게 되자 내면에서 힘이 솟았다. 이제는 무엇이든 할 수 있을 것 같았다.

지오는 비로소 깨달았다. 리사와 카이의 말이 옳았다는 것을. 혼자 풀어야 할 숙제를 그들이 알려 줄 필요는 없었던 것이다. 이 단계를 넘어서자 그들의 말대로 모든 것이 순조롭게 펼쳐졌다.

우선 지오는 자신의 머릿속에만 존재했던 '마음 학교'를 실제 학교로 만들었다. 남녀노소 모든 사람들이 마음 학교에 다니면서 믿음으로 사는 법을 배우도록 했다. 그건 숨 쉬는 방법을 새롭게 배우는 것과 같았다. 사람들은 흥미롭게 새로운 삶의 방식을 받아들였다. 그리고 점차 사람들 마음속에 자기 자신을 믿는 마음이 자라났다. 사람들의 마음이 변하자 세상이 바뀌기 시작했다.

이전과 똑같은 하늘 아래 똑같은 사람들이 있는, 이전과 완전히 같아 보이는 세상이었다. 그러나 시간이 지나면서 그 세상의 성격이 달라지기 시작했다. 사랑의 세계에서 '빛'이었던 그것이 지오의 세계에서 '믿음'으로 바뀌어 뿌리를 내렸다. 사람들 마음속에 자신과 세상에 대한 믿음의 씨앗이 심어지자 세계에 희귀한 꽃이 피기 시작했다. 믿음으로 자라는 황금꽃이었다. 금빛 꽃가루가 휘날리는 새로운 세계는 사랑의 세계만큼이나 아름다웠다.

그렇게 '믿음의 세계'가 만들어졌다. 모든 것이 기적같이 자연스럽게 이루어졌다. 믿음으로 만들어진 세계 속에서 사람들은 더 단단한 믿음을 가질 수 있게 되었고, 더 커진 사람들의 믿음이 믿음의 세계를 더욱더 빛나게 만들었다.

"그렇게 모두가 순수한 믿음을 가지고 살 수 있게 되었어."

지오가 나나에게 말했다.

"정말 네가 한 세계를 변화시켰구나."

나나가 감탄하며 말했다.

"그렇긴 한데, 어쩌면 인구가 적어서 그게 가능했는지도……."

지오가 중얼거리며 말끝을 흐렸다. 그동안 봐 왔던 지오와는 사뭇 다른 모습이었다. 나나는 말없이 지오를 바라봤다. 인구가 적어서 그런 건 아닐 거야, 하고 말하고 싶었지만 나나는 말을 삼켰다. 잠시 침묵이 흐른 뒤 지오가 다시 이야기했다.

"난 이제 나를 잘 모르겠어. 마음에 불신 바이러스가 심어졌으니……."

"지오야, 미안해. 나 때문에……."

나나가 눈을 내리깔았다. 말하고 보니 미안하다는 말이 너무 초라했다. 자기 때문에 한 사람, 한 세계가 무너질 위기에 놓인 것이다. 나나는 자신이 지오를 병들게 한 바이러스가 된 것 같았다. 나나의 얼굴에 짙은 그늘이 깔렸다.

"미안해하지 마. 너 때문이 아니니까."

지오가 나나를 보며 말했다.

"아냐, 내 탓이 커. 너는 나를 따라 이곳에 온 거야."

나나는 지오를 바라보지 못했다.

"그건 아닐 수도 있어. 라홀이 열린 다른 이유가 있을지도 몰라.”

지오는 담담하게 말했지만 나나의 마음은 괴로웠다.

“가상친구에게 마음을 준 내가 바보였어. 그때 내 마음이 바이러스에 오염돼 있어서 너너가 나쁜 마음을 갖게 된 거야. 난 그 애를 진심으로 아끼고 사랑한 게 아니었으니까. 그게 다시 나에게 돌아온 거야. 너까지 이렇게 만들면서…….”

“그런 말 하지 마. 가짜 마음엔 진짜 힘이 없으니까. 가짜 힘은 진짜 힘을 위해 잠깐 동안만 존재하는 거야.”

지오는 말한 뒤에 입을 꼭 다물었다. 그 입술이 떨리는 것을 나나는 보았다.

“진짜 힘? 그게 뭔데?”

“사랑, 그리고 믿음.”

지오의 말에 나나는 가슴속에서 힘이 차오르는 것을 느꼈다. 말에는 힘이 있었다. 이건 진짜 힘이었다.

“사랑과 믿음.”

나나도 두 단어를 발음해 보았다.

“그 힘으로 우린 이겨 낼 수 있을 거야.”

순간, 지오의 마음속에서 ‘정말 이겨 낼 수 있을까’ 하는 의심이 피어올랐다. 하지만 지오는 어두운 생각을 꾹 눌렀다. 나나를 생각해서라도 이겨 내야 했다.

"그럴 수 있을까."

이렇게 말한 뒤에 나나는 '그럴 수 있다'는 믿음이 솟아올랐다. 그래서 다시 말하려고 했다. 지오를 위해서라도 그래야 했다. 그런데 지오가 먼저 말했다.

"아니, 이겨 낼 수 없을지도 몰라."

지오의 말에 나나는 깜짝 놀랐다.

"왜……?"

지오를 본 나나의 얼굴이 파랗게 질렸다. 지오의 얼굴이 꼭 그랬다.

"가슴이 너무 아파. 몸이 얼어붙는 것 같아."

지오가 가슴을 붙잡으며 주저앉았다. 나나의 등줄기에 식은 땀이 흘렀다.

"어떡하지."

나나는 지오를 땅에 눕히고 곁에 쪼그려 앉았다. 그리고 자기 손을 지오 가슴에 댔다가 흠칫해 손을 뗐다. 심장 부위가 얼음처럼 차가웠다. 옷 위에서도 그것이 느껴졌다. 디스 바이러스 1급 감염자인 자신도 이렇게까지 몸이 찼던 적은 없었다. 나나의 얼굴이 하얘졌다.

"사람들을 불러올게."

나나가 일어났다.

"아니, 그러지 마!"

지오가 다급하게 외쳤다.

"바이러스가 전파될지 몰라. 나한테서 퍼져……."

"아, 디스 바이러스!"

나나가 소리쳤다. 순간, 나나는 한동안 잊고 있던 두려움에 휘감겼다. 지오처럼 심하게 감염된 마음이라면 전파력도 엄청나게 강할 것이다. 지오가 잠시라도 마음을 놓아 나나를 불신하게 되면 나나도 다시 감염될 수 있었다. 그땐 정말 돌이킬 수 없게 될지도 몰랐다. 나나는 겁이 났다. 이곳에 오기 전, 무덤 같은 독방에서 홀로 견딘 긴긴 나날이 떠올랐다. 그 힘든 시간을, 아니 어쩌면 그보다 더한 것을 겪어야 할지도 몰랐다. 그걸 또다시 견뎌 낼 자신은 없었다. 나나의 마음속에 이대로 도망칠까 하는 생각이 스쳤다. 하지만 나나는 고개를 저었다. 그럴 수는 없었다. 지오 곁을 떠날 수 없었다. 지오와 자신은 한 몸과 마찬가지였다.

'너는 나야.'

나나는 지오의 손을 꼭 잡았다. 그리고 지오가 깨워 준 사랑의 힘에 집중했다.

황금빛 하트 모양이 떠올랐다. 가슴에 심어진 그 씨앗에서 커다란 황금꽃이 피어나는 것을 보았다. 꽃에서 분수처럼 뿜어져 나온 사랑의 꽃가루가 온 세상으로 퍼져 나갔다. 가슴속에서 힘이 솟았다.

"사랑, 믿음."

나나는 조용히 말한 뒤 두 손으로 지오의 가슴을 감쌌다. 손이 시릴 만큼 차가웠다. 가슴을 손으로 문질러도, 가슴에 대고 입김을 불어도 한기가 사라지지 않았다. 가슴뿐 아니라 배와 팔까지 차가워졌다.

"으윽."

파랗게 질린 지오의 입에서 신음이 터져 나왔다. 지오는 이를 악물고 견디고 있었다.

"아!"

나나는 알아차렸다. 지오가 바이러스를 내뿜지 않기 위해 안간힘을 쓰고 있다는 것을. 그래서 가슴이 계속 차가워지는 것이었다. 몸속으로 독이 퍼지면서 심장 부위부터 굳어 가는 것이었다. 지오의 몸이 빠르게 식어 갔다.

"지오, 바이러스를 방출해!"

나나가 소리쳤다.

"어서! 그래야 네가 살아!"

"안 돼……. 바이러스가 세상에 퍼져……."

지오가 입술을 달싹였다.

지오는 알고 있었다. 사랑의 마음에 심어진 독이 얼마나 강력한지를. 그 강한 빛의 에너지가 바이러스로 변하면 온 세상을 삼켜 버릴지도 몰랐다.

"방출해! 내가 막아 줄게!"

나나가 다시 외쳤다. 그리고 지오의 몸 위에 가로로 엎드렸다.

"내가 품어 줄게. 날 믿어."

나나가 자기 가슴으로 지오의 가슴을 덮었다. 십자형으로 포개진 두 몸속에서 두 가슴이 자석처럼 맞붙었다.

"아아!"

두 입술에서 동시에 소리가 터져 나왔다. 맞닿은 두 가슴이 천둥처럼 크게 뛰었다. 온몸이 심장이 된 것 같았다.

지오는 가슴이 터질 것 같았다. 몸이 폭발해 산산조각 날 것 같았다. 나나는 온몸으로 폭탄을 품은 채 눈을 감았다. 두려움은 사라졌다. 마음속에서 황금빛 하트가 반짝 빛났다.

그때였다.

"으아아아……."

지오가 소리치며 바이러스를 내뿜었다. 그것이 나나의 가슴 속으로 흘러들었다.

"으아아아……."

나나가 소리치며 바이러스를 받아들였다. 가슴이 갈가리 찢어지는 듯했다. 존재가 산산조각 나는 것 같았다. 그리고 마음에서 뭔가가 빠져나오는 것이 느껴졌다. 곧이어 가슴이 후련해지면서 샘물 같은 기쁨이 솟아났다. 나나는 자신을 방 안에 가뒀던 해묵은 어둠 덩어리가 마음에서 떠난 것을 알았다. 영원히.

가물거리는 의식 속에서, 둘은 황금빛 빛줄기가 사방으로 뻗어 나가는 것을 보았다.

'다 했다.'

나나와 지오의 얼굴에 미소가 번졌다. 둘은 함께 까무룩 잠이 들었다.

# 13. 러브 바이러스

지오가 먼저 눈을 떴다. 눈이 부셨다.

자기 가슴 위에 나나가 쓰러져 있었다. 자신의 심장이 나나의 심장과 함께 뛰고 있었다. 몸이 두 배로 커진 것 같았다. 사랑의 세계에서 거인이 됐을 때보다 지금이 훨씬 더 크게 느껴졌다. 빛의 몸이 아니라 피와 살을 가진 진짜 몸이기에 그랬다. 사랑으로 두 사람이 하나가 되었기에 그랬다. 둘은 세상에서 가장 큰 한 몸이 된 것이다. 햇빛이 지오의 얼굴을 내리비췄다.

지오는 나나 쪽으로 고개를 돌렸다.

"나나."

지오가 속삭였다.

"으음……."

나나가 눈을 떴다. 흙냄새가 훅 끼쳤다. 얼굴이 잔디에 박혀 있었다. 가슴은 지오의 가슴 위에 포개져 있었다. 상체를 일으키려 했지만 몸이 무거웠다. 나나는 지오 쪽으로 고개를 돌렸다.

"괜찮아?"

둘이 똑같이 물었다.

"응."

둘이 동시에 답했다.

"가슴이 따뜻해."

지오가 말했다.

"나도."

나나가 말하며 몸을 일으켰다. 만발한 황금꽃들이 한꺼번에 꽃가루를 내뿜었다. 햇살이 꽃가루에 부딪쳐 눈부신 빛가루를 만들었다. 밝은 공간 속에서도 둘의 공간이 더욱 환해졌다. 황금빛 스포트라이트를 받은 것 같았다.

둘은 나란히 잔디 위에 앉아 황금빛 세계를 바라보았다. 가슴에서 따스하고 사랑스러운 기운이 퍼져 나갔다.

"가슴속에 생명체가 살고 있는 것 같아."

나나가 한 손을 가슴에 얹으며 말했다.

"나도."

지오가 말하며 나나의 한 손을 잡았다. 황금꽃의 꽃가루들이 분수처럼 솟아났다. 신비롭고 그윽한 향기가 공기 속에 번졌다. 지오와 나나의 얼굴에 미소가 피어났다. 가슴이 더욱 따뜻해졌다.

"고마워."

지오가 말했다.

"나도 고마워."

나나가 말했다.

"얘들아."

"너희들 뭐 해?"

저만치서 아이들이 다가왔다. 지오의 마음 학교를 졸업한 친구들이었다.

"와, 여기 되게 예쁘다."

"맞아. 엄청 밝아."

아이들의 얼굴이 빛처럼 환해졌다. 그들이 다른 아이들을 손짓해 불렀다.

"따뜻해."

"신난다."

아이들은 알 수 없는 행복감에 휩싸였다. 말로 설명할 수는 없었지만 그것이 땅에 앉아 있는 소년과 소녀로 인한 것임을 알았다. 아이들은 나나를 처음 보았지만 오래전부터 알고 있던 것 같은 느낌을 받았다. 지오와 닮아서 그런지도 몰랐다. 나나도 아이들이 오랜 친구처럼 친근하게 느껴졌다. 지오가 속한 세계의 아이들이기 때문이었다.

아이들이 나나와 지오를 둘러싸며 잔디에 앉았다. 아이들이 모인 곳에 또 다른 사람들이 다가왔다. 약속이라도 한 것처럼 남자, 여자, 어른, 아이 할 것 없이 모두가 둥글게 모여 앉았다. 황금꽃이 눈부시게 반짝였다.

"오늘따라 꽃이 참 아름답네요."

"날도 좋고 기분도 정말 좋아요."

사람들 가슴속에 알 수 없는 기쁨이 차올랐다. 말로 설명할 수는 없었지만 그것이 아이들로 인한 것임을 알았다. 사람들의 표정은 온화했지만 모두들 별말이 없었다. 나나와 지오도 마찬가지였다. 둘은 기다리는 것이 있었다.

'오겠지?'

'응.'

나나와 지오는 눈으로 말을 나눴다. 나나는 이곳에서 자신이 해야 할 일을 다 했음을 알았다. 이제 자기 세계로 돌아갈 시간이라는 것도.

'믿음의 세계, 초대해 줘서 고마워.'

나나는 하늘과 땅을 둘러보며 마음속으로 인사를 했다. 이틀을 머물렀을 뿐인데 이곳이 자신의 고향처럼 느껴졌다. 지오의 고향이니 자기 고향이기도 했다. 그리고 이제 그 고향을 떠나 새로운 고향으로 향할 시간이었다. 지오와 함께.

지오는 알고 있었다. 자신도 이곳을 떠나야 한다는 것을. 이 세계에서 자신이 해야 할 모든 일을 마쳤기 때문이다. 믿음의 세계를 짓고 나나를 만나 또 다른 나에게 그 힘을 전달하는 일. 지오는 사랑의 세계에서 믿음의 세계로, 그리고 이제 더 낮은 세계로 내려가야 한다는 걸 알았다. 불신으로 병든 그 세계는 또 다른 자신인 나나의 세계이기도 했다. 그 세계를 사랑과 믿음으로 변화시켜야 했다. 나나와 함께.

그때였다.

"아!"

나나의 눈에 그것이 들어왔다.

"보여?"

나나가 지오에게 물었다. 지오가 고개를 끄덕였다. 둘의 얼굴에 미소가 번졌다.

엄청나게 큰 라홀이었다. 거대한 빛의 입구였다. 집채만큼 크고 둥근 라홀에서 온갖 색깔의 빛들이 쏟아져 나왔다. 빨강, 주황, 노랑, 초록, 파랑, 금색, 은색……. 나나와 지오는 가만히 자리에서 일어났다.

모여 있던 사람들도 자리에서 일어났다. 사람들 눈에는 라홀이 보이지 않았지만 모두가 기이한 황홀감에 사로잡혔다. 누가 먼저랄 것도 없이 사람들은 옆 사람과 손을 잡았다. 손에 손을 잡아 둥근 원이 된 믿음의 세계가 황금빛 들판 위에서 출렁거렸다.

원의 중심에 있던 소년과 소녀도 손을 잡았다. 지오는 밖으로 뻗은 왼손을 자기 가슴에 얹었다. 나나는 오른손을 그렇게 했다.

"감사합니다."

나나와 지오는 모두에게 고개 숙여 인사를 했다. 그리고 둘이 함께 허공을 향해 발을 내밀었다. 사람들은 소년과 소녀의 몸이 잠시 공중으로 떠오른 것을 보았다. 그러나 그다음 모습은 볼 수 없었다.

나나와 지오가 도착한 곳은 나나의 방이었다. 방 안은 창문이 열린 채 그대로였다. 시간도 나나가 이곳을 떠난 시점에서 멈춰 있었다. 하지만 혼자 떠나서 둘이 돌아왔다. 그리고 모든 것이 바뀌었다.

"내가 일 년을 머문 공간이야."

나나가 방을 돌아보며 말했다.

"여기서 너너를 만났지?"

지오의 물음에 나나가 고개를 끄덕였다.

"너너가 우리를 만나게 해 준 거야."

"가슴에 바이러스를 심어 주기도 했고."

나나와 지오가 한마디씩 말했다. 그리고 덧붙였다.

"사랑의 바이러스를."

지오는 나나의 눈을 바라봤다. 자기 눈과 똑 닮은 맑은 눈 속에 자기 얼굴이 있었다. 나나도 지오의 눈 속에서 자신을 보았다. 사랑의 바이러스를 품은 사랑스러운 소녀를. 나나는 자신의 자기신뢰도가 100점이 되었다는 걸 알았다. 기계로 재지 않아도 지오라는 맑은 거울에 비춰 보면 자신은 언제나 완벽했다.

"나가자."

"그래."

나나는 방문 앞에 섰다. 그리고 문의 손잡이를 잡았다. 나나는 그동안 이 문이 한 번도 잠긴 적이 없었다는 걸 깨달았다. 그런데 자신은 내내 문이 잠긴 것처럼 행동했다. 마음의 닫힌 문 속에서 손잡이를 돌려 볼 생각조차 하지 못했던 것이다.

손잡이를 잡은 나나의 손 위에 지오의 손이 포개졌다. 나나는 라홀 앞에 섰을 때보다 더 가슴이 두근거렸다. 드디어 세상으로 나갈 시간이었다. 평생을 기다려 온 순간 같았다. 나나와 지오는 잠시 눈을 맞췄다. 그리고 두 손이 함께 손잡이를 돌렸다.

문이 열렸다.

둘은 나란히 방 밖으로 나왔다. 거실에서 아버지와 어머니가 티브이를 보고 있었다.

"어머! 나나!"

어머니가 놀라 소리쳤다.

"넌 누구니?"

아버지가 지오를 보며 물었다.

"제 짝이요."

나나가 말했다.

"짝?"

"짝을 어떻게……."

아버지와 어머니는 문득 입을 다물었다. 방에서 왜 나왔냐고 묻지도 않았다. 그들은 나나가 왜 나왔는지를 알 수 있었다. 다 나았기 때문이다. 그것을 가슴으로 느낄 수 있었다. 마음의 병이 치유된 사람은 다른 사람의 얼어붙은 마음을 녹일 수 있었다.

나나의 부모는 그들 마음속에 웅크리고 있던 얼음 같은 어둠이 빛으로 변하는 것을 느꼈다. 가슴이 따뜻해졌다. 공간이 환해졌다.

그 충만한 변화의 순간 속에서, 네 사람은 잠시 말없이 서 있었다. 지오는 믿음의 세계가 만들어지던 때 이런 순간을 경험해 봤지만 그때는 자기 혼자였다. 지금 여기서 나나와 손을 잡고 이 시간을 맞이하는 것이 기적처럼 느껴졌다. 처음 보는 나나의 부모가 느끼는 감격과 기쁨도 자신의 것처럼 고스란히 느낄 수 있었다.

"나나야, 고맙다."

아버지와 어머니가 나나의 손을 잡고 눈물을 흘렸다. 나나의 눈에도 눈물방울이 맺혔다. 나나는 두 분과 포옹을 나눴다. 아버지와 어머니의 품은 그 무엇보다 따뜻했다. 그리고 한없이 넓었다. 나나는 너너의 말이 옳았다는 걸 알았다. 아버지와 어머니가 자신을 불신했던 건 그들이 순수했기 때문이었다. 다른 사람들보다 선했기 때문이었다. 나나는 자신을 깨우쳐 준 너너에게도 마음속으로 고마움을 전했다.

나나와 지오는 집 밖으로 나왔다. 띄엄띄엄 떨어져 걷는 사람들의 시선이 소년과 소녀에게로 향했다. 그들을 본 사람들은 모두 약속이나 한 듯 마스크와 모자를 벗었다. 얼굴을 가리고 있던 그것들이 문득 답답하고 불편하게 느껴졌다. 동시에, 굳어 있던 가슴에 온기가 돌았다. 보이지 않는 사랑의 손길이 가슴을 어루만지는 것 같았다. 수만 년 묵은 병이 치료된 것 같았다.

몇몇 사람들이 눈물을 흘렸다. 얼어붙은 마음이 녹아 샘물처럼 흘러내리고 있었다. 사람들이 다가와 두 아이를 가볍게 껴안았다. 가슴이 뛰고 있는 사람들의 품은 모두 따뜻했다. 나나와 지오의 시야가 더 환해졌다. 사람들도 세상이 밝아진 것을 느꼈다.

"얘들아, 고맙다."

사람들이 활짝 웃으며 둘에게 손을 흔들었다. 나나와 지오도 미소 지으며 인사했다. 둘은 천천히 걸어 학교로 갔다.

나나가 일 년 동안 가지 못했던 학교였다. 나나만이 아니라 아무도 학교에 오지 못했다. 아이들이 없는 학교는 조용했다. 나나와 지오는 텅 빈 운동장 한가운데 섰다. 그리고 가만히 손을 잡았다. 잡은 손에 힘이 들어갔다.

"지금이야."

지오가 말했다.

"좋아!"

나나가 외쳤다.

두 사람의 가슴에서 동시에 그것이 터져 나왔다. 투명한 황금빛 하트였다. 햇빛 속에서 너울너울 춤을 추는 그것은 요정 같았다. 보일 듯 말 듯 아른거리는 요정이 둘의 눈엔 선명하게 보였다.

"하하하하."

나나와 지오 입에서 웃음이 터져 나왔다. 둘의 가슴에서 하트들이 비눗방울처럼 끝없이 피어났다. 하트 요정들은 바람을 타고 온 동네로 날아갔다. 아이들과 어른들이 하나둘 운동장으로 모여들었다.

"저것 봐!"

한 아이가 하트를 가리키며 외쳤다. 아이들은 공중에 떠다니는 투명한 금빛을 또렷이 볼 수 있었다. 어른들 눈에는 그것이 잘 보이지 않았지만 곧 가슴으로 느낄 수 있었다. 모두의 가슴속에 하트가 하나씩 심어졌기 때문이다. 사람들의 마음에 황금빛 불이 켜지면서 환한 빛의 세계가 한가득 눈에 들어왔다.

이제 모두의 눈에 하트가 보였다. 살아 있는 사랑이 온 세계로 퍼져 나가는 것이 선명하게 보였다.

나나는 이곳이 믿음의 세계와 닮아 있음을 깨달았다. 지오는 이곳이 또 다른 사랑의 세계라고 생각했다. 아니, 이곳은 가장 완벽한 사랑의 세계이자 믿음의 세계였다.

"사랑해."

누군가 말했다. 모두가 말했다.

불 켜진 가슴들에서 크고 작은 하트가 피어났다. 하트가 하트를 낳고, 그 하트가 또 하트를 낳았다. 가슴들은 하트를 받고 또 받았다. 뿜고 또 뿜었다. 순식간에 온 세상이 황금빛 바이러스에 감염되었다.

러브 바이러스였다.

올여름 올림픽 양궁 중계방송에서 해설위원이 거듭 이 말을 했다.

"믿고 쏘라."

궁사는 바람의 방향에 대한 자신의 판단을 믿어야 한다는 것. 설령 그것이 잘못된 판단일지라도. 왜? 믿지 않으면 쏠 수가 없기 때문이다. 애초에 시작, 시도조차 불가능한 것이다. 마음에 의심을 품고 활시위를 당길 수는 없다. 만사가 그렇다.

자기 신뢰는 나다운 나로 살기 위한 토대이다. 본연의 나를 꽃피우며 살아가려면 자기 자신을 믿어야 한다. 그런데 자기를 믿기 위해서는 자신을 사랑해야 한다. 믿음의 근원은 사랑이기 때문이다. 자기 신뢰와 자기 사랑은 우리가 발 딛고 살아가는 땅과 같다. 우리 삶에 무엇을 짓든 지반이 튼튼해야 함은 물론이다.

우리가 우리의 본질인 사랑과 믿음의 길로 나아갈 때, 그 길에서 '또 다른 나'를 만나게 된다. 그는 하나의 근원에서 나온 다른 색채의 나 자신이다. 나이자 너인 그와의 관계를 통해 사랑과 신뢰의 빛이 현실에 뿌리내리게 된다. 그리고 이렇게 실현된 빛이 세상을 변화시킨다.

오래 품고 있던 이야기를 세상에 내놓게 되어 기쁘다. 이 소설의 독자들이 자신에 대한 신뢰와 사랑 속에서 한 걸음 더 전진하길 바란다.

믿음이 깊어지면 앎이 된다. 다음에는 이 '앎'에 대한 이야기를 쓰고 싶다.

2021년 아름다운 가을에

김태라